潘军小说典藏
《白》《蓝》《红》三部曲
独白与手势·红  Dubai Yu Shoushi · Hong

时代出版传媒股份有限公司
安徽文艺出版社

潘军,男,1957年11月28日生于安徽怀宁,1982年毕业于安徽大学。当代著名作家、剧作家、影视导演,闲时习画,现居北京。

主要文学作品有:长篇小说《日晕》、《风》、《独白与手势》(《白》《蓝》《红》三部曲)、《死刑报告》以及《潘军小说文本》(六卷)、《潘军作品》(三卷)、《潘军文集》(十卷)等。作品曾多次获奖,并被译介为多种文字。

话剧作品有:《地下》、《合同婚姻》(北京人民艺术剧院首演,哈尔滨话剧院、美国华盛顿特区黄河话剧团复演,并被翻译成意大利文于米兰国际戏剧节公演)、《霸王歌行》(中国国家话剧院首演);多部作品先后赴日本、韩国、俄罗斯、埃及、以色列等国演出,多次获得奖项。

自编自导的长篇电视剧有:《五号特工组》《海狼行动》《惊天阴谋》《粉墨》《虎口拔牙》等。

潘军小说典藏

《白》《蓝》《红》三部曲

# 独白与手势·红

潘 军 / 著

Pan Jun Xiaoshuo Diancang
**Dubai Yu Shoushi · Hong**

时代出版传媒股份有限公司
安徽文艺出版社

图书在版编目（CIP）数据

独白与手势.红/潘军著.—合肥：安徽文艺出版社，2018.7
（潘军小说典藏）
ISBN 978-7-5396-6389-0

Ⅰ．①独… Ⅱ．①潘… Ⅲ．①长篇小说－中国－当代 Ⅳ．①I247.5

中国版本图书馆CIP数据核字(2018)第131057号

| | | | |
|---|---|---|---|
| 出 版 人：朱寒冬 | | | |
| 出版策划：朱寒冬 | | 出版统筹：姜婧婧　张妍妍 | |
| 责任编辑：宋晓津 | | 装帧设计：徐　睿 | |

出版发行　时代出版传媒股份有限公司　www.press-mart.com
　　　　　安徽文艺出版社　www.awpub.com
地　　址　合肥市翡翠路1118号　邮政编码：230071
营 销 部　(0551)63533889
印　　制　安徽新华印刷股份有限公司　(0551)65859551

开本：880×1230　1/32　印张：8.875　字数：190千字
版次：2018年7月第1版　2018年7月第1次印刷
定价：28.00元

（如发现印装质量问题，影响阅读，请与出版社联系调换）

版权所有，侵权必究

# 新版自序

秋天里回合肥,在一次朋友聚会上,安徽文艺出版社社长朱寒冬先生建议我,将过去的小说重新整理结集,放进"作家典藏"系列。作为一个安徽本土作家,在家乡出书,自然是一件幸福的事。况且他们出版的"作家典藏"系列,从已经出版的几套看,反响很好,看上去是那样的精致美观。我欣然答应。这也是我在安徽文艺出版社第一次出书,有种迟来的荣誉感。寒冬是我的校友,社里很多风华正茂的编辑与我女儿潘萌也是朋友,大家一起欢悦地谈着这套书的策划,感觉就是一次惬意的秋日下午茶。这套书,计划收入长篇小说《风》,《独白与手势》之《白》《蓝》《红》三部曲和《死刑报告》;另外,再编入两册中短篇小说集,共七卷。这当然不是我小说的全部,却是我主要的小说作品。像长篇小说处女作《日晕》以及若干中短篇,这次都没有选入。向读者展现自己还算满意的小说,是这套自选集的编辑思路。

每一次结集,如同穿越时光隧道,重返当年的写作现场——过去艰辛写作的情景宛若目下,五味杂陈。从1982年发表第一个短篇小说起,三十多年过去了!那是我人生最好的时光,作为一个写作人,让我感到最大不安的,是自觉没有写出十分满意的作品。然而重新翻检这些文字，又让我获得了一份意外的满足——毕竟，我在字里行间遇见了曾经年轻的自己。

不同版本的当代文学史，习惯将我划归为"先锋派"作家。国外的一些研究者，也沿用了这一说法。2008年3月，我在北京接待因"中国当代文学研究计划"采访我的日本中央大学饭冢容教授，他向我提问：作为一个"先锋派"作家，如何看待"先锋派"？我如是回答："先锋派"这一称谓，是批评家们做学问的一种归纳，针对的是20世纪80年代中期中国文坛出现的一批青年作家在小说形式上的探索与创新，尽管这些创新不可避免地会受到西方某些流派作家的影响，但"先锋派"的出现，在某种程度上改变了中国小说的范式。这些小说在当时也被称作"新潮小说"。批评家唐先田认为，1987年发表的中篇小说《白色沙龙》，是我小说创作的分水岭，由此"跳出了前辈作家和当代作家的圈子"而出现了"新的转机，透出了令人欣喜的神韵和灵气"。这一观点后来被普遍引用。像《南方的情绪》《蓝堡》《流动的沙滩》等小说，都是这一特定历史时期的作品。这些小说在形式上的探索是显而易见的，带有实验性质，而长篇小说《风》，则是我第一次把中短篇小说园地里的实验，带进了长篇小说领域。它的叙事由三个层面组成，即"历史回忆""作家想象"和"作家手记"。回忆是断简残篇，想象是主观缝缀，手记是弦外之音。批评家吴义勤有文指出："在某种意义上，潘军在中国新潮小说的发展中起到了继往开来的作用，而长篇小说《风》更以其独特的文体方式和成功的艺术探索在崛起的新潮长篇小说中占一席之地。"

在某种意义上,现代小说的创作就是对形式的发现和确定。如果说小说家的任务是讲一个好故事,那么,好的小说家的使命就是讲好一个故事。"写什么"固然重要,但我更看重"怎么写"。这一立场至今没有任何改变。在我看来,小说在成为一门艺术之后,小说家和艺术家的职责以及为履行这份职责所面临的困难也完全一致,这便是表达的艰难。他们都需要不断地去寻找新的、特殊的形式,作为表达的手段,并以这种合适的形式与读者建立联系。对于小说家,小说的叙事就显得尤为重要。在某种意义上,叙事是判断一部小说、一个小说家真伪优劣的尺度。一个小说家的叙事能力决定着一部作品的品质。

与其他作家不同,我写小说首先必须确定一个最为贴切的叙述方式,如同为脚找一双舒服的鞋子。而在实际的写作中,又往往依赖于自己的即兴状态,没有所谓的腹稿。在我这里的每一次写作,不是作家在领导小说,依照提纲按部就班,更多的时候是小说在领导作家,随着叙事的惯性前行——写作就是未知不断显现的过程。《风》脱胎于我的一部未完成的中篇小说《罐子窑》,我认为《罐子窑》的结构与意识,应该是一个长篇,于是就废弃了;长篇小说《死刑报告》最初写了三万字,觉得不是我需要的叙事方式,也废弃了;《重瞳——霸王自叙》则有过三次不同样式的开篇,直到找到"我讲的自然是我的故事,我叫项羽"才一气呵成。等到了长篇三部曲《独白与手势》,我开始尝试把图画引入文字,让这些图画变成小说叙事的一个有机的组成部分,文字和绘画,构成了一个复合文本。《死刑报告》后来决定把与故事看似不相干的"辛普森案件"并行写入,使其形成了一种观照,也就构成了中西方刑罚观念的一种比较与参照。这些都表明,即使在所谓先锋小说式微之后,我本人对小说形式的探索依旧没有停止。如果说我算得上先锋小说阵营里的一员,那么,所谓的先锋其实指的是一种探索精神。

我是个自由散漫的人。换言之,我毕生都在追求自由散漫。当初选择写作,看中的正是这一职业高度蕴含着我的诉求。通过文字进行天马行空的想象与自由表达,以此建筑自己的理想王国,这种苦中作乐的美好与舒适,只有写作者亲历才可体味。然而几百万字写下来,我越发感受到这种艰难的巨大,原来写作的路只会越走越窄。同时我也清醒地意识到,今天的写作未必都是自由的。于是我的小说写作,便于1990年暂时停歇下来。两年后,我只身去了海口,后来又去了郑州,自我放逐了五年。虽然那几年过得身心疲惫,但毕竟还是拥有了一份可贵的自由。另一个意思,是我乐意以这种方式将自己从所谓的文坛中摘出来,心甘情愿地被边缘化。我喜欢独往独来。批评家陈晓明曾经说我是一个难以把握的人物,"具有岩石和风两种品性,顽固不化而随机应变",指的就是这个阶段,但我的这种应变却是因为现实的无奈与无望。我深知写作不仅是一个艰难的职业,更是一个奢侈的职业。决定放弃一些既得利益,就意味着今后必须自己面对一切,单打独斗。其实我从来没有觉得自己真的下过海,倒是向往江湖久矣!我必须换一个活法。1996年2月,我在郑州以一部中篇小说《结束的地方》,结束了这段颠沛流离的生活,重新回到阔别的案头。

我开始思考,"先锋派"作家一直都面临着一个挑战:形式的探索在很大程度上影响到阅读的广泛性。尽管这些作家不会去幻想自己的作品成为畅销书,但从来不会忽视读者的存在,至少我是如此。实际上,阅读也是创作的一个构成元素。很多年前我打过一个比方:好小说是一杯茶,作家提供的是茶叶,读者提供的是水。上等的茶叶与适度的水一起,才能沏出一杯好茶。强调的就是读者对创作的参与性。我甚至认为,好的小说作家只能写出一半,另一把是由读者完成的。我希望自己的小说好看,但先锋作为一种探索精神不可丧失。毕竟,小说不是故事,小说是艺术,是依靠语言造型的艺术,是语言的"有意味的形式"。小说更是一种人文情怀的倾诉与表达。我要尽力去做的,还是要向大众讲好一个好故事。这之后,我陆续写出了《海口日记》《三月一日》《秋声赋》《重瞳——霸王自叙》《合同婚姻》《纸翼》《枪,或者中国盒子》《临渊阁》等一批中短篇以及长篇三部曲《独白与手势》和《死刑报告》。我骨子里"顽固不化"的一面再次呈现而出。批评家方维保说:"对于潘军可以这么说,他算不得先锋小说的最优秀的代表,但是他确实是先锋小说告别仪式中最引人注目的一位。正因为潘军的创作,才使先锋小说没有显得那么草草收场,而有了一个辉煌的结局。"这当然是对我的鼓励,但始料不及的是,八年后,我的小说创作再次出现了停歇,而这一次的停歇,我预感会更长。果然,一晃就过去了十年。

  我又得"随机应变"了。这十年里,我的主要精力都放到了影视导演上。因为这种突兀的变化,我时常受到了一些读者的质疑与指责。但他们却是我小说最忠实的读者,我由衷地感谢他们，诚恳地接受他们的批评。但需要说明的是，我作为小说家的工作并未就此结束，只是暂告一段落。十年间我自编自导了一堆电视剧。这看起来是件很无聊的事情，但对我则是一次蓄谋已久的热身，接下来我会去做自己喜欢的电影。由作家转为导演，本就是圆自己一个梦，企图证明一下自己在这方面的野心。我要拍的，不是所谓的作家电影，而是良心电影。这样的电影之于我依然是写作，依然是发自内心的表达。但是，这样的电影不仅难以挣钱，也许还会犯忌，所以今天的一些投资人早就对此没有兴趣了，而我却一厢情愿地自作多情。他们只想挣钱，至于颜面，是大可以忽视的。更何况，要脸的事有时候又恰恰与风险结伴而行。

面对这样的局面，我的兴趣自然又一次发生了转移——专事书画。写作、编导、书画，是我的人生三部曲。近两年我主要就是自娱自乐地写写画画。其实，在我成为一个作家之前，就是学画的，完全自学，但自觉不俗。我曾经说过，六十岁之前舞文，之后弄墨。今天是我的生日，眼看着就奔六了，我得"hold（稳）住"。书画最大的快乐是拥有完全的独立性，不需要合作，不需要审查，更不需要看谁的脸色。上下五千年，中国的书画至今发达，究其原因，这是根本。因此，这次朱寒冬社长提议，在每卷作品里用我自己的绘画作为插图。其实，在严格意义上，这算不上插图，倒更像是一种装饰。但做这项工作时，我意外发现，过去的有些画之于这套书，好像还真是有一些关联。比如在《风》中插入《桃李春风一杯酒》《高山流水》《人面桃花》以及戏曲人物画《三岔口》，会让人想到小说中叶家兄弟之间那种特殊的复杂性;在《死刑报告》里插入《苏三起解》《乌盆记》《野猪林》等戏曲人物画以及萧瑟的秋景,或许是暗示着这个民族亘古不变的刑罚观念与死刑的冷酷;在《重瞳》之后插入戏曲人物画《霸王别姬》和《至今思项羽》,无疑是对西楚霸王的一次深切缅怀。如此这些都是巧合,或者说是一种潜在的缘分,这些画给这套书增加了色彩,值得纪念。

书画最大限度地支持着我的自由散漫,供我把闲云野鹤的日子继续过下去。在某种意义上,书画是我最后的精神家园。今年夏天,我在故乡安庆购置了一处房产,位于长江北岸,我开始向往叶落归根了。我想象着在未来的日子里,每天在这里读书写作,又时常在这里和朋友喝茶、聊天、打麻将。我可以尽情地写字作画,偶尔去露台上活动一下身体,吹吹风,眺望江上过往帆樯,那是多么的心旷神怡!然而自古就是安身容易立命艰难。我相信,那一刻我一定会情不自禁地想起电脑里尚有几部没有写完的小说,以及计划中要拍的电影,也不免会一声叹息。我在等待,还是期待?不知道。

是为序。

潘军

2016年11月28日于北京寓所

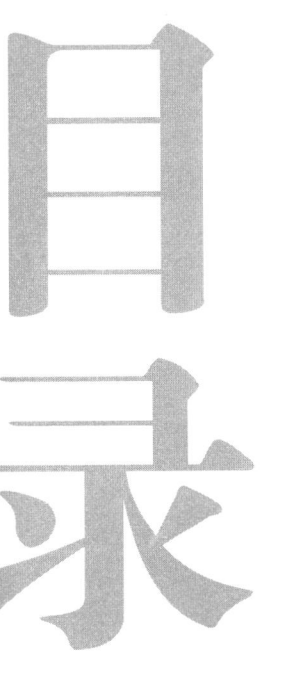

新版自序 / 1

北京:1999 年 2 月 / 3

杭州:1999 年 3 月 / 22

杭州:1999 年 3 月 / 42

犁城:1999 年 3 月 / 58

北京:1999 年 3 月 / 71

北京:1999 年 4 月 / 87

北京:1999 年 4 月 / 99

石镇:1999 年 4 月 / 115

犁城:1999 年 5 月 / 129

北京:1999 年 5 月 / 140

北京:1999 年 6 月 / 154

北京:1999 年 6 月 / 166

北京:1999 年 7 月 / 183

犁城:1999 年 7 月 / 188

犁城:1999 年 8 月 / 201

北京：1999 年 8 月 / *213*

北京：1999 年 9 月 / *229*

江南：1999 年 11 月 / *244*

附录一　《独白与手势·红》初版后记 / *257*

附录二　《独白与手势》修订本自序 / *259*

附录三　《独白与手势》五人谈 / *261*

  我是一个生于11月28日的男人。

  有一天,一个自称是我小说读者的人给我寄来了一本书,叫《生命密码》,作者是美国人盖瑞·寇奇奈特和胡斯特·艾尔佛斯。

  这本书指出,生于这一天的射手座男人,意味着一生独行。

——作者题记

# 北京:1999年2月

穿棕色羊皮夹克的男人在经过整整一夜的旅行后,于这个看上去阴晦不堪的早晨到达了本次列车的终点站北京。从站台上看,地上的残雪斑斑驳驳,仿佛一顿大餐后的杯盘狼藉,让人极不舒服。车站的过道比以前更暗了。因为装修,这个原本陈旧的老站显得格外的杂乱无章,充满视野的全是建筑材料和施工的安全网。到处都能听见大声的咳嗽,而此刻广播里正在朗诵一篇气势磅礴的社论。男人突然产生了一种不安的感觉。他放慢了脚步,看着那些着急的旅客从后面拥上前去。

几分钟后,男人走出了北京站。他立刻就感到一股浓重的寒气扑面而来。早春2月的京城比他想象的要冷得多,不过空气却意外地有些湿润。对于男人,首都早已失去了新鲜感,甚至有些厌倦了,这段日子他总是与这座城市发生关系,仅去年就跑了四趟。不过那几次都是来去匆匆,挣一把钱就走。而这回的情况有所不同——一家公司想与他合作一个专门制作影视的工作室。这件事对男人来说还是有吸引力的。长达七年的漂泊不定的日子他已经过够了。他也希望能有相对的稳定。尽管他不喜欢这个城市的空气,但是做所谓文化方面的事情,还只能选择北京。

看来我得在这里住上一段日子了,男人想。可我不知道能否适应这个不可一世的城市。这时候,男人看见有人举着写有他姓名的纸片向这边走来了。那是一个同样穿着羊皮夹克的女人,不过是流行的那种酒红色,质地也明显地优良。那女人看上去大约二十五岁左右,东张西望的神情很可爱。男人想,这或许就是那家公司的一位办公室的秘书什么的。男人不想及时地迎过去,而是站到一根方柱的后面进行带有欣赏成分的观察。他总觉得面前划过的这张脸是在哪里见过的。在哪里呢?男人又实在想不出。也许所有的男人都会有这么一种近乎意淫的邪念,只要遇见一个可爱的女子,便以为和自己很亲近。现在,那年轻的女子看过来了,她的视线十分明朗,以至于男人慌乱地被它牵引而出。男人扔掉香烟走近说,小姐,我就是你要接的人了。

女人放下手中的纸片,大方地笑了一下,说:你怎么和我感觉里不太一样?

不太一样?就是说也还有一样的地方?男人同时心里在说,我现在离你们女人的感觉越来越不一样了。就把地上的皮箱拎起来。女人说我来吧,男人说别,它很重的。他们就这样说笑着向一辆红色的丰田车走去。女人在打开行李箱的时候对男人自我介绍说:我叫王珏,是中奇实业公司的公关部经理。

女人的简单介绍却让男人想到了南方。经理?这个词生疏好些日子了。这个词现在听起来一点也不生动。但是他这一刻的心情已变得很好。他看着边上这个叫王珏的女人很自然地想到了另一个至今还在南边的女人,她叫桑晓光。那也是个开车很好的漂亮女人,她们的侧面有些相像。但他想,漂亮的女人最好别开车。他不知道为什么会这么想了。

后来的几天里男人一直在想这个问题,似乎毫无道理可言。他觉得有些东西女人是不宜玩的,车就是。女人只要开车,哪怕是世界上最破的车,也会把身边的任何东西忘了,包括男人。同样,他也不喜欢一个男人去弹钢琴。这两件大东西因为支配它的人性别互换,也会导致荷尔蒙的一种转移,男人和女人会因为它们进行疯狂的自恋。女人倒可以去玩枪,男人可以拉大提琴——那感觉应该是像搂住一个女人吧?

红色的丰田车从东单口拐出,驶入了长安街。男人看到兴建中的东方广场也被建筑安全网包裹着。这个长安街上块头最大的建筑物群肯定要在9月底前完成它的面子装修,至于内瓤则可以慢慢来。不过这个名称不好,世界上找不出两个毗邻的广场。它容易使人产生这个城市人口很少的错觉。事实上这个城市最多的就是人。

要是中国每条街都能像长安街这么宽就好了。问题是这条街在高峰时期也一样地塞车。现在,天安门广场正在向他逼近。广场的周围也实行了隔离,那里面也正在进行一次规模宏大的维修。即使是作为最高权力象征意味的天安门,城楼边上照样搭设着钢筋的脚手架。1999年应该是北京城的维修年。这个城市毕竟太老了。

然而在很多年前,这儿被大家视为中国的心脏。那时他最大的理想就是在这个心脏部位照上一张相。这个儿时的理想直到他成为青年的那一天才得以实现,而且是凭借着一句谎言实现的。他插队的那个公社,书记的老婆得了不治之症,他却谎称自己有个本家的叔叔在北京友谊医院当什么主任,他说他可以效劳。于是,在那个炎热的夏季,他搭上了开往心脏的火车。但是第一次的北京之旅并没有想象的那么开心,插队知青漫无边际地在京城游荡,不仅没有找到兴奋点还在光天化日的天安门下被偷了钱包。他很沮丧,沿着长安街拖着腿走。当他正准备走进一条小巷避开日头时,忽然听见了一声巨响,紧接着一道红色的光弧从他眼前掠过,他才看清发生了一起车祸——被撞的是一个穿大红色连衣裙的姑娘,她轻盈的身体从车上飞过,被抛到了十米开外,当时就不能动弹了。人们立刻围了上去。他挤在人缝里,只看见那个姑娘的血从腹部渗出,染到裙子上竟变成了黑色……这么多年过去了,这触目惊心的一幕他总忘不掉。他无法想象在如此宽敞的

大道上会发生这样的惨剧,他也不能接受人的鲜血染到红布上怎么会变成黑色。

坐了一宿的车很累吧?

还行。后半夜还是睡了一会。

是软卧吗?

对。

软卧不好。要是同包厢的有个脚臭的,就受大罪了。我可没说你的意思。

他们几乎同时笑了起来。尽管这是个不太适宜的玩笑。他觉得这个王珏小姐天生就该是个当公关经理的料,这么快就以这种独到的方式消除了他们之间的陌生感。王珏的做派并不张狂,她的言谈举止都是那么和谐而统一。这是个典型的北京姑娘。他想她对自己的情况一定了解了不少,以至于在初次见面时就显得如此随便。北京就该是个随便的城市。北京人似乎与生俱来一副见多识广的派头,哪怕是胡同口的一个卖报纸的老太太,你只要和她聊上三分钟,你就会感到她可能是某位要人的街坊邻居,更别说是作为一家大公司的公关部经理的年轻女人了。

车继续北行。等过了亚运村,开始进入一片别墅区。男人调整了一下坐姿,不由想起自己几年前去海口的经历来。当时他在南岛集团,他的第一个住宿地也是在一幢别墅里。但那个时候他已经不是个客人了,他成了那个集团的一员。男人很不愿意记起这一幕来。他觉得无论怎么看,当初的选择都是一次失误。他放弃了做客的权利,也就意味着自动去接受一份莫名其妙的约束。不知当时为什么那样想了。或许是因为自己刚刚脱离业已习惯的稳定,一旦失去,便会有说不出的恐慌来,他急需找到一种新的依托。这很像一个刚离婚的人,向往的自由突然间到手了却又手脚无措,像只无头的苍蝇成天团团转也不知在忙些什么,甚至会担心一顿晚饭的着落。那么,现在好了,男人想,从去南方的那一天到现在,整整的七年过去了。这七年过得那么缓慢,有时又觉得过得飞快。都说人生是一个过程,是时间的某种印证,这种过于抽象又过于空泛的表述总呈现出自欺欺人的色彩。人生是什么?这其实是连神也无法回答的问题。

我下榻的地方是一座崭新的宾馆。王珏说,这个叫作"冠华酒店"的实体也是他们公司的物业,三星级的标准,还没来得及开张。你是我们的第一位客人。王珏说着,就从行李箱里帮我取出行李。女人的腰很费劲地直起来,我便连忙过去,说:我来,很沉的。

还真是,怎么这样沉呀?

我笑了笑。心想,能不沉吗?我的一个家可全在这里呢。

我被安排在三楼朝北的一个房间,编号304。是我自己选的。这个漂亮的饭店设计得很别致,有点北欧一带建筑的特点,在大堂与客房之间是一个小巧玲珑的花园酒吧。从我的窗口可以鸟瞰花木、雕塑以及人造的小桥流水。这里还摆放着一架白色的三角钢琴。总之这是个别有洞天的环境,我很满意。我设想在以后我的工作之余,可以立在这窗前抽支烟或者走下来一边喝茶一边欣赏某个女人弹奏钢琴。

来前电话里经纪人和我谈的条件应该说还不错,投资方尊重我的一些构想,并说在资金上给予保证。最初,他们希望和我签订一份合同,想让我以技术入股的方式与他们合作一个子公司,我毫不迟疑地拒绝了。海口那一幕对我永远是一重阴影,我被那个叫公司的家伙折磨得差点要了命。我好不容易杀出了重围,现在只想喘口气了。回想这七年,我除了赚钱就是赔钱,再这么折腾下去,我会彻底崩溃的。我现在不过是找个饭碗,如果这个问题不突出,余暇的时间我想再写出几本书来。这就是我想要的下一步。

当晚,我见到了这家公司的老板,一个看上去十分踏实的中年男子,与我在南方见到的那些西装革履的白领完全不同。但是在这个宴席上,有军人、新闻界的人和政府官员。这就是典型的北京了,即使你是想做一双拖鞋,也得有各种类型的人物介入。整个饭局持续了近两个钟头,他们谈论的中心话题是不久前发生在京城的一起特大谋杀案。而我对此又不感兴趣,却还要做出颇有兴致听的样子来给他们看。我宁愿去想那座漂亮的酒店,它至少会给我带来愉快。饭局结束,接下来是去一家著名的夜总会。我借故旅途疲劳推辞了,于是老板派车送我回来。路上,我向司机打听酒店开业的事,我说我没想到你们会有有这么一座饭店。司机说,这就算是内部的招待所了,朋友来了,得有个吃住的地方。司机的口气一点也不比老板小,也就是说,这位老板的朋友很多,多到需要一个三星级的酒店才可安置。下车时,司机塞给我一个纸包,他说:这是五个,要不要点点?

我说不用。我接着说:这是订金吗?

司机说:什么订金,你先花吧,老板说一个男人手头没钱可不成。

然后他让我给他打了张收条。也许是被前几年的拮据弄怕了,当我从司机手里接过这笔钱时,竟生出了几分的激动。

我毕竟是个俗人,在钱的问题上我没办法清高。我想明天得先给李佳汇过去三万。离婚已经四年,协议中我给她的十万元直到现在余款才算有个了结。李佳没有让我给她打条子,她手中的条子是我自愿出示的。昨天在犁城是李佳为我饯行的,我们去了一家火锅店吃涮羊肉。李佳当然知道大名鼎鼎的东来顺在北京,但她还是建议吃涮羊肉。我让你提前感受一下北京的气息,李佳说,我预感你这次去北京会交上好运。至少是桃花运吧。我只好勉强地笑了笑。我想李佳的潜台词大概是说,那一年我们在北上的列车上相遇不能算作好运吧?那一年是1979年。二十年过去了。二十年前的那个夏夜,李佳请我吃了一枚橘子,而现在她又请我吃涮羊肉,怎么看都像是个呼应的过程。

趁李佳去洗手间的空隙,女儿问我:我看你们相处得还不错呀,你们能复婚吗?

孩子的话使我觉得有趣但不是个滋味。我没想到会有这么一天,让孩子来做父母的复婚工作。我说这不是个简单的问题,其实不复婚也不影响我们做你的父母的。女儿说:你们太奇怪了。

奇怪吗?这个晚上我后来就在想这句话。我说过,只要这个孩子夹在我和李佳之间,这个家庭就不意味着解体。或者说,解体的只是一种被法律看重的婚姻形式。我走下楼,到了那个花园酒吧。我的手抚摸着这把造型别致的椅子扶手。在我的眼前,是一些忙碌着的年轻男女们,据说有很多是从重庆招来的服务生,也有职业学校送过来培训的实习生。我注意看那些姑娘们,觉得她们个个都是充满活力,干活不知疲倦,而且模样都还好看。我想这或许就是一种衰老的征兆吧。人一老,眼光就越发地变得宽容了。可我刚过四十,这理应是个年富力强的人生阶段。我过四十岁的生日那天也是在北京,是在西城一个招待所里。我记得那一天的北京正在下一场大雪,窗外一片苍茫。没有人来陪我,我也没有给任何人打过电话。我后来沿着复兴门外大街走了许多路,内心纳满了忧伤——这忧伤分明不是因为孤独,而是对衰老的恐惧。一种灯枯油尽的伤感像磁铁一样牢牢吸住了我。

现在,这种感觉又来了。我的视线最后被一样东西所牵制,就是它,这台三角钢琴。

在我的感觉中,我似乎已经注视它很久很久了。

——1999年2月15日

一周过去,合作的事情没有任何进展。老板自那天吃完饭后就再也没有露面。男人成天待在房子里看电视和晚报,偶尔接待几位来访的朋友。做《北纬20度》那回,剧组的成员大都来自北京。他们合作得不错,这回自然还想与他有再次的合作。北京似乎就是个搞影视的地方,昨天他去什刹海那一带胡同里

转悠,一下子就撞上了三个拍电视剧的摊子。这在经济萧条时期倒成了唯一的生财之道。但是电视剧怎么看都是个破东西。他想,自己今后的安排可能还要保证每年做出一部长篇的破东西来,先挣出一笔钱,这样才能安心去做自己喜欢做的事情,那就是继续写小说了。这是一种滑稽的、令人啼笑皆非的安排。

仿佛他是古董商,一件破东西卖出去却相当值钱。他需要以此谋生,然后再去过一种安静不慌的日子。看来人对这个世界的恐惧感来自许多方面,一些有形和无形的东西都会使你魂不守舍。他想起那年在海口的白沙门,想到那幢无端的云彩,总感到一阵胆战心惊。他甚至觉得,自己的这一生是从恐惧中开始的。1967年10月石镇的那个雨夜,密集的枪声从头顶上呼啸而过,那时他才十岁。可是,有形的恐惧往往与兴奋结伴而行,或者说恐惧之后接踵而至的便是兴奋,这又是个不可思议的事实。只有无形的恐惧不是这样。白沙门竖起的那幢恐惧之云实际上已是横在心中的一道洁白的阴影,这是他很长时间以后的觉悟。

回忆总是删繁就简。时间会过滤一切。在这百无聊赖的一周中,他时常要陷入到回忆之中。位置与视角在几十年之后都不可避免地出现了变化,他吃惊地发现,自己仿佛正在走出自己的回忆。记忆中的那个男孩,那个少年,那个青年,甚至那个正在迈进中年的男人,全都不像是自己了。这就像整理一摞过去的旧相册,面对从前的我怎么看也还是陌生。他成了旁

观者,成了局外人,成了对从前那个我的批评家。这便是习惯中认为的那种反思吧？他不喜欢这个暧昧生涩的词语,他愿意接受另一个词语:检讨。

外面的天又开始转黑了,这一天又算过去了。今晚酒店的歌厅调试音响,据说设备都是一流。还据说要来两个时下京城当红的歌星。酒店经理刚才通知他,让他也过去凑份热闹。经理说:去吧,成天一个人待着我看着都闷得慌。他答应了,但他却提出了一个连自己都觉得唐突的问题,他说:我怎么总见不到弹钢琴的来呢？

经理说:你是指楼下酒吧里那架钢琴吗？快了,开业准来。原先约定的那一个嫌这儿路远,我们又得重新物色。你喜欢钢琴？

他说:我不过是随便问问。

经理说:其实那无非是个摆设。

他想经理的话是对的。最好的钢琴搁在酒吧里也是摆设。可他还是有些困惑,自打住进这家酒店起,他就开始惦念着那架琴。这有点怪。然而在很多天后,他才意识到这架琴其实是一次大胆的暗示。

这个晚上的计划后来还是起了变化。有个朋友,就是那位《北纬20度》的摄影师,突然在晚饭前来了电话,请他去吃一种"三巴汤",然后再去听一个意大利的铜管音乐会。他匆匆打了辆车赶往约会地点,见面就问那朋友:什么叫"三巴汤"？朋友哈哈一笑,说动物身上,当然是指雄性的,除了嘴巴尾巴还能有什么巴?这汤可红遍了北京城的!

他笑道:我不知道北京人还这么会吃,就凭这个叮当响的名字,北京也配称得上是文化中心了。

朋友说那是,要不怎么有那么多文化人艺术人都来北京扎堆呢?朋友说:我看你干脆正式加入"北漂集团"得了。反正你什么都丢了,何不图个自在?

他心里大响了一下,一句话差点儿说出:我还有个女儿呢!

这个晚上他第一次感到了沮丧。他无法回味起那道著名的"三巴汤",也很难陶醉在铜管乐中,在听音乐会时,他明显地分心了。他的思绪纷乱而恍惚,眼前仿佛在放映一部关于他这前半生随意剪辑的录像,跳跃,不清晰,却能使他受到震动。是的,如今他是什么都丢了,女儿是他唯一的财富,这是他万万不可放弃的。可是,女儿在一天天长大,下半年就升初三了,身高已超过了她母亲李佳。春节时,二妹从美国挂来了电话,说他们一家正准备由俄亥俄移居到西海岸的洛杉矶。他们现在发展得不错。二妹说:哥,你要让你女儿把外语基础打好,最好念完高中就送到这边来。念完高中?他迟疑地说:这是不是太小了?二妹说怎么小呢?直接读本科不是挺好吗?你不至于把孩子留在身边一辈子吧?他笑道:这倒不会,我尊重她自己的选择。后来他就把这件事对女儿说了。他以为这孩子会感到事到临头的惶恐,没想到女儿却说:还要等到高中念完呀?我恨不得马上就走呢,我都被作业折磨死了!尽管这是一次非正式的交谈,但女儿日后的去向大致描绘清楚了。也就是说,还有四年,这个孩子就该飞走了。余下的内容可想而知,那无非就是每月例行的几个电话,越往后越少,再就是隔上三年五载地见上一面,再往后,他就完全老了。四年,那是一晃而过的。

那天晚上,他给李佳打了传呼,让她回这边一趟。李佳当时正有一个应酬,电话里问是不是孩子出了什么事。他说想谈谈女儿几年后的去向。李佳说:不是几年后吗?几年后的事那就几年后再谈吧。

然后李佳又问:你是不是想娶个正式的老婆了?

他说:你怎么会这么去想呢?

李佳说:其实我觉得你还真是应该有个老婆的好。

这或许就是李佳请他吃涮羊肉的依据。现在想起来,他觉得女人就是比男人敏感一些。时间已是凌晨三点多了,他还是没有睡意。电视里播着译制节目,一个老者在用沙哑的声音讲述一个历史上著名的悬案。那是个充满血腥又扑朔迷离的案子,半个多世纪过去还没有解开。但是越来越多的证据表明,人们长期以来信奉的某种结论可能是错的。

最初,是一滴血样的东西,如山间泉水似的响亮,凝重地落在一面水里。接着渗开,像泼墨留在生宣纸上的痕迹一样。再以后是这面水慢慢在眼前竖立起来,仿佛雨帘,又伴有急雨敲窗的效果,你便被这片颤抖的红色所包围,你会感到致命的窒息紧紧地捆绑着你的身体,你无法动弹,无法呼吸,你的手像中风一样哆嗦个不止,但是眼前的这片红雨却越来越急骤,你努力用你的指甲从雨帘中挖开一个孔来,你想抵制咸腥的气味,你想听见自己的心跳,于是你奋力一搏地挣扎而起,指关节在崭新的墙纸上留下了四个浅凹……

我认真地记下这个梦,是在今天的下午。这是个阴雨的天气,但我的窗外看不见雨,只能听见夸张变形的雨声——雨落在透明

的钢化玻璃顶棚上,如同笨重的机械发出的轰鸣。我需要记下这个梦,因为类似的梦魇已纠缠了我几十年。我没有能力来驱散它,更没有力量来摆脱它,我唯一可以做的,就是认真地把它记下来。但我还是第一次看见这个梦的颜色。

  我已经在不安中度过了十几个小时。我的耳鸣越发地严重了,可是,我又能听见电流的声音——如果你把电视机的音量完全关闭,我就能清晰地听见电流的声音,那是一种尖锐而又低沉的怪音,它穿透了我的耳膜,回旋在我的脑腔。起初,我以为这种不适是由于一年前没完没了的装修所致,那个时期我无论到什么地方好像都与房屋装修结缘,冲击钻的声音持续不断地在我的周围响起。现

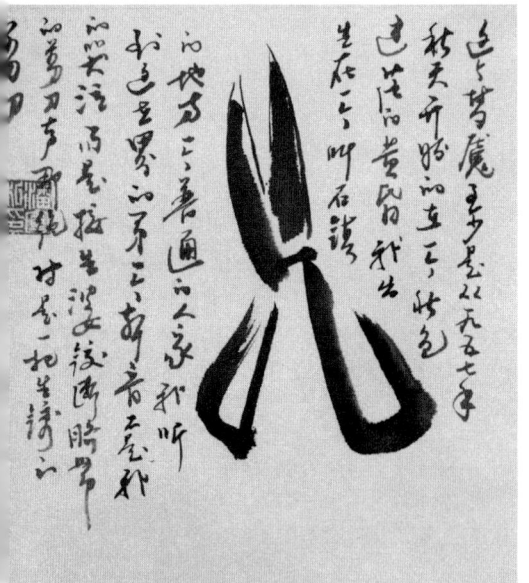

在看来,这个判断是过于简单了。我觉得这应该是另一种梦魇,有声的梦魇。如果我的记忆没有出问题,这个梦魇至少是从1957年秋天开始的。在一个秋色迷惘的黄昏,我出生在一个叫石镇的地方,一个普通的人家。我听到这世界上的第一个声音不是我的哭泣,而是接生婆铰断我的脐带的剪刀声,那绝对是一把生锈的剪刀。

  我想得可能太多了。在这个阴沉的下午我出现了不规律的头疼,一阵阵的。这所名为冠华的

酒店对于我实际上已成了一座豪华奢侈的监狱,没有人管我,也没有人来给我交代工作。我仿佛一座活动的雕塑,整日端着架子无所事事。但是我已经拿了人家的五万块钱了,并且也开始花了,总得有个名义吧?于是我呼了王珏,电话很快就回了,她说她刚下飞机,从深圳回来。

我正想晚上过你那边呢,她说,一起吃顿饭吧?我私人请你。

我说:项目的事怎么没动静了?

她说:这个我不太清楚,我的工作是把你安顿下来。没动静不是更好吗?

我说:我不能闲着,总得干点什么吧。你们这儿又不是五角大楼,干吗分工那么仔细呢?我还以为我们会一起共事呢。她说:我提出过,可是老板没表态。再说,我手头这一堆破事也没完。你别着急,忙的日子在后头呢。见面谈吧,再见。

和王珏的简短通话却给我带来了很大的快慰。我不想去推敲她在电话里的表述是否带有应酬的意思,我宁肯信以为真。实际上,从十天前我们第一次在北京站见面,我就对这个女人怀有好感,她让我想到了桑晓光。我与桑又有近两年没联系了,我们好像是故意这么做的,既然事过境迁,淡忘就是最好的怀念方式。我深知,像我和桑这样的关系是不宜再见面的。桑晓光现在何处,我还真是不清楚。但我相信她还会找我,在她需要的时候。而我不希望这样,尽管死灰复燃的可能性几乎等于零,然而当某一天我再次面对那张动人的脸时,我的内心即刻就会不平静。这是千真万确的。我不知道其他的男人与我会有什么不同,如果你与某个女人同床共枕了,你是否会忘记她?而我是这样的男人。我记忆中的女人都与性密切相关,很多时候,我像整理断简残篇那样一丝不苟地整理着我的性爱历史,虽然具有不可再生性,但仍然使我怦然心动。我甚至敢于公开承认,正是这些激动而伤感的回忆支配了我对每一天生活的态度,这就是我生命的支柱。

2月的北京寒冷而干燥。天黑得很快,雨倒是不知不觉地住了。我打开窗,看着花园酒吧日臻完善的面貌,心情在慢慢转好。那架钢琴还死着,居然上面还坐着一个幼儿在玩积木,这是经理的孩子。酒店的服务生从昨天起就开始换上了工作服装,姑娘们穿着青花图案的便衣上装,下面是大摆的橙红色的绒裙,色彩搭配很不和谐但依然生动活泼。这就是青春固有的魅力。我在楼道上徘徊着,在期待着王珏的到来。我在想,这顿饭在哪儿吃合适?我想去外面,王珏不是有车吗?那车很漂亮,真的很漂亮,开到哪里都会令人注目的。现在,这辆车该到哪儿了?安贞桥还是亚运村?

然而等到了八点,王珏还是没有出现。她也没有来电话,我找出她的手机号,想拨一个,但想想还是没这么做。我觉得王珏的迟到或者不到,都是会有站得住的理由的。女人的理由总是多于男人,也永远站得住。电话一直没来。我在这个夜晚意外地陷入不安中,小便频繁,洗脸间的镜子里那个男人一脸的疲倦,原因在于一次毫无道理的期待。可是,这个王珏不该是如此粗枝大叶的人,即使有什么急事,电话总该会来一个的。这很方便。她本可以一边开车一边拨打手机。为什么不打?难道那辆车里还有另一个男人?那个男人会限制她解释一次失约?失约算不了什么,问题是这个细节破坏了我对一个女人刚刚建立的好感。我担心的是这个。

这时,我突然听见了一声轰鸣,是那架钢琴发出的,似乎以此证明它拥有着生命。

——1999年2月26日

# 杭州:1999年3月

现在,男人打开了那本叫作《生命密码》的书。这本书是一个自称是他的小说读者的人于半个月前寄到犁城的。自从他恢复写作以来,由于作品不断发表和广泛转载,他每个月都要收到一些读者来信,但像这样匿名给他寄书的还是头回。如同这本俨然神秘的书一样,这位读者没有留下任何只言片语,也没有留下地址,信封上只注明:杭州,你的读者。

作为占星学的专著,严格地讲,《生命密码》算不上一研究成果。这套由美国人盖瑞·寇奇奈特和胡斯特·艾尔佛斯编撰的书籍,充其量只是一堆牵强附会的通俗读物。这套书共有六卷,每卷解释两个星座。中文版由台湾一家出版社出版。他得到的是最后一卷。他生于11月28日,属射手座,与天蝎座并到了一块。

他自然要首先看看与自己有关的部分,于是就翻到了11月28日。实际上关于这一天的解释也就是一页,然而这一天的导语却赫然写着三个字:独行侠。

那一瞬男人很是惊讶,他联想起过去一些报刊对自己的专访侧记,有许多相似的提法,譬如独行客、一意孤行、我行我素之类。这种不可思议的暗合使他在那个雨后的黄昏魂不守舍,他仿佛意识到,自己这一生仿佛都经由一只看不见的手精心编排好了。

他带着这本书到了北京。现在当他准备好好读它时,手机却响了,而且又是杭州。是一家文学期刊社来的,要他去领一份奖。他本不想去,但是对方诚恳地解释说,你还是飞一趟吧,本来人就不多,你若再不来,这个事做起来就冷清了。他觉得不好再作推辞,就答应下来。同时在想:我能在杭州见到给我寄书的人吗?要是通过晚报的采访,把这事说出去,也许那个神秘的人就该露面了。那应该是个女人才对。这样一想男人便很愉快。杭州就该是个浪漫的城市,就该风情万种。男人想起几年前与桑晓光的那次"飞行幽会",不觉有了恍然若梦之感。那一次,他们因为一天的时间双双飞抵杭城,可谓春宵一刻。如今事过境迁,回想起来还是有些感慨系之。男人在北京耗了十几天,什么也没干成,出去转一趟也好。于是他就给老板去了电话,说明了情况。他说:我只待几天。老板说:没事,你安心玩吧,咱们的事看来还得往后推一阵子。

他打断道:还得往后推?

老板说:我临时抓了个新项目,觉得是个好机会,就调整了一下。

他进一步问道:你估计咱们的事要推到什么时候呢?

老板说:也快,我想不会迟于3月底吧。这段时间你随意安排,什么时候动,我会叫人通知你的。

放下电话,他突然有了一种不好的预感,觉得这个开局不怎么样。在犁城时,这家公司几乎每天都有电话来,老是问他何时启程。现在他来了,却又将事情一味地往后推。他们耗得起我可耗不起,他想,我得做事挣钱。这个年纪闲着不是个办法。难道要我坐在这个环境里写小说?写不出来。我看不见一样熟悉的东西,看不见自己的一本书,连一本字典也看不到。他想,这两年所到之处都是住着大致一样的标准房间,光在北京他就住了十几处。有一次他对一个记者说,我现在成了一个"住标间的男人",我感觉不到时间和空间的变化,因为标间与标间,几乎没有任何的差异,连服务生的表情都是那么相似。标间不是写小说的场所,倒可以用于写电视剧。写小说只能回到犁城,或者故乡石镇。本来,他的安排是尽快把这部电视剧做完,然后带着这笔钱回到犁城,在夏季来临之际开始写一本书。现在一切都变了,他不知道像这么推下去会有什么结果。

每次都是这样,总是在系上安全带的那一瞬懊恼不已,后悔不该乘坐飞机。飞行中遇上强气流的颠簸,躲避积雨云层的调整下降,出其不意的铃铛声,都让他惶惶不安。可是从北京到杭州坐火车需要近二十个小时,对于临时性的出差显然是不合适的。飞行是唯一的选择。

这个航班没有满员,至少有三分之一的空位,因此显得比较宽敞。在前面的头等舱里,几个电视记者正在采访一个西装革履的老胖子。看上去是个有钱的华侨,大概要很快掏钱给杭州了。然后,男人听见了一个女声,她是主持人,好像是说一段开场白。他没听清楚,但他觉得主持人的声音很柔美。男人便侧了一下身体,朝前面看过去,很快就看见了一个穿着暗红风衣的修长背影。他当然希望这个优美的背影能尽快转过身来,但是没有。这个浅薄的念头转瞬即逝,后来男人便又去翻那本《生命密码》了。他还在被行前的那个计划所诱惑。再后来,男人不经意地睡去了。直到飞机开始下降,广播通知请系好安全带、收起小桌板时,男人才醒来。他一睁眼就发现了那个暗红色的背影,就在面前,在看那本书。

是你的书吗? 女人回过头对他说。很有趣。

你是说书还是说我?

当然是书,我是天蝎座。

然后女人就把书还给他,说声谢谢,再次转过身去,走到前面原来的位子上。这以后她就只和她的同事聊天了。男人有些懊丧,他觉得和一个陌生女人的交谈不该就这么仓促地结束,更何况那是个看上去气质不凡的女人。

飞机迅速下降,他的耳膜在隐隐胀疼。很奇怪,每到这个时候,所有的乘客都不再说话了,飞机的引擎似乎也关闭了,机舱内一片静寂。是人们意识到一种巨大的危险在潜伏着?从航空事故看,绝大多数的灾难是发生在飞机降落的过程中。人们在期待着哈姆雷特式的是生还是死?而他的想法恰恰相反。从他的心脏感觉到飞机下降的那一刻起,他才会感到放松。这是一种儿童式的幼稚心理,那时他想:毕竟是离地面越来越近了。一万米,五千米,一千米,一百米,直到轮胎与跑道摩擦发出嘭的一声,他几乎是感动地想,脚踏实地是一件何等幸福的事呀!

城市的面目就像中国人眼中黑人的脸,越发没有区别了。你会认为这就一定是杭州吗?她也可以叫广州、郑州、福州,也可以叫武汉、成都、长春。流行的建筑风格和统一的装修材料使城市成为孪生兄弟,即使是语音方言,也日益地不纯粹而令人怀疑。好在杭州还有一面西湖,可以为杭州作证。另外,还有一条钱塘江。

现在,我又被人安排到钱塘江边上的一个三星级的酒店,进入一个新的标间里。这个标间依然是两张床,两把罗汉椅和一张小圆桌,一件低柜和一件嵌入墙体的挂衣柜,一张写字台和一盏亚麻布罩的台灯以及一个落地灯,一台21英寸彩色电视机,一部分机电话。我甚至一眼就看出低柜上的那台电视机和北京冠华酒店304房间的那台是同一个牌子。

我这是在杭州呢还是在北京?

前来领奖的作家都是我的朋友。这几年文学掉价了,所以大家见面的机会也大大减少,现在见了自然很是亲切。但我们闭口不谈文学,说明我们的头脑还正常。同屋的哥们儿问我,你怎么从北京飞呀?我说我在北京做事呢。今年想给一家公司做电视剧。他说,你最近小说也没少写呀,哪来那么多的时间?我说我别的都当出去了,剩下的就是时间。

哥们儿从皮包里拿出一本新出的书送给我,说:我知道你来,就把给你的带来了。

我说回去好好拜读。

哥们儿说:你别当面奉承好不好?这年头有人能记住书名我就感激不尽了。我记得这套书也有你一本呀,给我寄了吗?

我说我退出了。

他便有些不解:退出了?为什么?嫌版税低?

我说:我讨厌那个编委会。尤其讨厌主编,那是个什么都想要的家伙,除了名片上一大堆的头衔什么都没有。

哥们儿哈哈大笑,说:你还这么当真呀?他爱主编就让他主编呗。

大致安顿下来,我给一位叫张毅的朋友去了电话。他是我几年前在海口南岛集团的同事,在一家房地产分公司。下海之前张毅是杭州某个银行的科长,却爱好文学,我们一直处得很好。以前我每回来杭州都是由他一手安排。1996年秋天,我处在最狼狈的时候,只有这个张毅还经常与我通电话。我们聊得很痛快,但我心里想的却是如何开口向他借钱。我不知道我为什么最终还是没有开口。这年秋天行将结束时,我应张毅之邀来到了杭州,当时他想和台湾商人合作淡水养鲈鱼的项目,想让我帮他一起策划。我谢绝了。我说我这种人可以在头脑里想得天花乱坠,但一落到现实里,十有八九是碰得头破血流,注定要栽。我说,哪怕日后我成了亿万富翁我也不会染指投资业务了,我情愿去做慈善事业。张毅很意外,因为在他看来我还不至于这么悲观。他说:其实男人应该做做生意。人一做生意,心就磨成茧了,日后还有什么可怕的呢?

我说,你的话不无道理,但我原本就不是个勇敢的男人,我的心智与胆魄都不够用,能从那块泥沼里爬出来已是侥幸了。

张毅就感叹了,说中国的市场经济都他妈是无序状态,游戏没有规则,难就难在这儿!

游戏没有规则的岂止是商界?

我记得那次他还问起了桑晓光,见我一笑置之,他就没有把这个话题打开。

晚饭后,张毅开车到了我的住地。和几年前相比,他似乎老了很多，但仍然一副豁达开朗的样子。他说你别住这儿了还是去我那里吧。我那里虽然没有中央空调但有个人自由。说完这话，他就对我诡秘地笑了起来。我说：你小子这是同情我呢还是挖苦我？嘻嘻哈哈地抽完一支烟，然后我们就去了他在市中心投资的一个酒吧。从酒店出来不多会车便驶上了钱塘江大桥，狭窄的桥面让我很不适应。我突然想起这里曾经诞生过一位烈士。他是为搬掉横在铁轨上的一根圆木而牺牲的，当时的宣传咬定是有阶级敌人破坏。这件事想起来我就有困惑，不明白在大桥两端都有岗哨的情况下，那根至少重达五十公斤的圆木是怎样弄上铁轨的。我没有任何亵渎英烈的意思，但我的判断是，那根木头应该是从一列运送木料的车皮上滚落下来的。我不知道为什么至今没有人出来纠正。是否减去"阶级斗争"的因素，英烈的事迹就变得不再动人了？我不这么看。

杭州的夜晚平淡而清冷。酒吧的生意倒不错。这个酒吧照样也搁着一架三角钢琴，是黑色的。不过它不是摆设，我们到的时候，打工的钢琴师已经在演奏一首我所熟悉的旋律了。那是个留着长发的男人，穿着粗条绒的西装，戴着小圆墨镜，因此看上去像个盲人乐师。他闭着眼吗？他在想象着和哪个女人举行这"梦中的婚礼"？但是这个人弹奏得不错。

我们上了夹楼，在靠窗的一张台子落座。很快就有侍者端上了两杯扎啤和一个水果盘。一路上我已经把我的近况大致说了，我告诉他，我会在北京住上一个时期的，那儿的生活条件倒还可以。张毅说：男人老待在酒店可不行的。说完，他又笑了。我明白他的意思,就说:算了,不想再招惹什么事了。张毅说:这种事可不在于你招惹,真的来了,你肯躲吗?我谅你也不会。我说:真的,我这几年下来,没觉得有什么不适应。朋友说:那你可就闹毛病了。这可不像是你。

我心里像是被什么东西碰了一下。我这几年就是这么过来的。从离开蓟州那一天起,我的心思就完全用在了欠债还钱上。我纳闷的是,为什么我欠——就算是欠吧——别人的钱都得连本加利地偿还,而别人欠我的我却一分也要不回来?犁城一个小子至今还欠我十八万,我居然连他的影子也见不着。借我三千五千的就更多了。我根本没有勇气也没有本领去向这些人讨要,好像不好意思的倒是我了。我不是个多么宽厚的人,问题在于我的窝囊。

张毅递给我香烟,问道:和桑晓光还联系吗?

我说:很久没联系了。

我隐瞒了我们在海口重逢的事实。但我又想,我在海口拍《北纬20度》时,桑晓光为了避开我是在杭州住过一阵的,那时她是否找过张毅谈起我们的再度重逢?

桑的形象在这一刹那竟是如此清晰地在我眼前浮现而出。她的背景是海,是白沙门的那片海,我甚至仿佛听见了那此起彼伏的涛声。但令我诧异的是,她身后的海已经不是蓝色而是红色。这种红和我行前在北京所经历的那个梦魇的颜色竟是惊人地一致!

怎么,我是不是说错什么话了?张毅这样问道。

没什么,随便聊吧。我喝了口酒。

海口还是个好地方,张毅说,什么时候我们约好再回去一趟?

我是不想再去了。那地方现在怎么看都是个码头,在我印象里,是个旧码头。

一生中能在码头上泡几年倒也蛮开心的,你说呢?我们也算是半个江湖中人吧?

我是打定主意退出江湖了。

其实你现在这个样子还是在江湖上。

我倒觉得更像是"在路上"。

在北京有女人吗?

没有。

是暂时没有吧?

但愿吧,谁能料到明天会出什么事呢?来来,咱们干一杯。

这才像你。

钢琴的旋律再次升起,是《梁祝》。这首本该由小提琴独奏的国产民曲改作钢琴来表现,平添了一份热情,记忆中的忧伤于欣赏者的陶醉中不经意地就被覆盖了。艾略特说,4月,是一个残忍的季节。今天是1999年3月的第一天,3月该是怎样的季节?

——1999年3月1日

所谓颁奖会其实不过是一次自作多情的拙劣表演。与会者只有两种人:领钱的和吃饭的。在这样的场合下,所谓的文学充其量是一个看起来还算体面的借口。写作原本是私人的事,如今却要拖上台面,搞得像过节一般热闹,怎么看都不失为滑稽。前来领奖的几个作家都不具备明星的脸盘,于是面对众多的摄影机和摄像机镜头出现几分狼狈便在所难免。依照组织者的安排,获奖者每人都得说几句话。作家们自然首先要致谢,还要有所荣誉感,倒是其中有位来自东北的作家说了一句大实话,他说:我觉得这种活动最好少一些。下面便有了一片嘘声。轮到他说了,他便附和道:如果这份奖不是由我的几位朋友操办的,我肯定是不来了。

这时,一个女记者站起来说:我想知道这是为什么,是文人的清高还是故作姿态?或者就是奖金的数额太小了。请原谅我的直率。

他抬头一看,说话的竟是昨天在飞机上看他书的那个女人。这种戏剧性的场面从前出现在他的小说里,被批评家们认为是幼稚得可笑,如今发生在他的日常生活中,在他看来便是幼稚得可爱了。他微笑着,认真地看着她说:不为什么,我讨厌坐飞机。再说颁不颁奖我都是要写作的。都说文人清高,这是个陈见——我还从来没见到过清高的文人。

会场上顿时就爆发出一阵哄笑,接着响起了热烈的掌声。

接下来就是在《花好月圆》的乐曲中进行了颁奖。给他颁奖的是一位铝厂的老板,这次活动的赞助商。这个穿格子西装的年轻人对他说:你讲得很好笑。他说:好笑吗?要是这样,我真该多讲几句。正聊着,刚才即席提问的那个女记者含笑向他走来了,说:我想单独和您谈谈,可以吗?

这正是他所希望的。于是他们就走到了外面的这块空地上。开始转绿的草坪让他很高兴。他们坐到一把长椅上,记者递给他一张名片,她叫肖航,是电视台的主持人。

他问:是真名吗?

她说:以前是杭州的"杭",上大学后改了。

他又问:为什么要改呢?因为这个"航"表示志向远大?

她说:不,是这地方叫"杭"的人太多了。

他说:可我更愿意叫你杭州的"杭"。

她说:别,我既然改了,自然有改的道理。咱们不谈这个吧。

这个肖航是开朗的,但他似乎又从女人的眉宇之间觉察出了一丝阴郁。这个瞬间,他感到自己身边的这个有着时髦身材的女人在气质上,和十多天前在北京见到的那个王珏很相似。肖航的这件暗红色的风衣让他想到王珏的红色汽车。她们都属于那种闯世界的女人,充分的自信导致的自命不凡毫不掩饰。但王珏的表情中是没有阴郁的。真奇怪,怎么这几天老想到王珏?

正式的交谈开始了。自然还是从昨天飞机上见到的那本书谈起。她说你也喜欢这种书吗?那口气是他不该喜欢似的。于是他就把这本书的来历对女人说了。他说:某种意义上我就是冲着这件事来的,我很想找到那位寄书人,你能帮我这个忙吗?

肖航说你这可就难为我了,杭州这么大,怎么找呢?肖航接着说:问题还不是这。既然那个人——我觉得是个女人,连地址都不留,你就是到处打广告,她也是不会出来的。如果我是她,我就会这么做。

可她为什么这么做呢?男人说,她连我的生辰八字都搞清楚了,为什么就不肯出面呢?

肖航说：也许她早就出面了，只是你不知道而已。怎么说你都是在明处。其实昨天在天上我就认出你了，你这个时期照片漫天飞。

女人的口气似乎有点不屑，令他难为情。媒体就是个可怕的东西，凡事经它一闹便不得安生。其实他这几年就是多写了几篇东西罢了。这个肖航看来是个有心人，对这回来领奖的几个作家事先都做了摸底，所以谈起他的近况如数家珍。她感兴趣的话题是：你怎么又回到文学上来了？

他说：那是你们觉得而已。我从来就没认为我离开了文学。这倒不是因为文学有多么的神圣，它只是我日常生活的一个部分。

肖航问：你真这么认为？

他笑道：你别以为我这么说很矫情。写作不过是门手艺，写它十几年是因为喜欢，这是唯一站得住脚的理由。一个男人很不容易持久地喜欢一样东西的。

肖航问：那么你当初怎么毅然决然地去海口做生意呢？而且现在你又在北京搞电视剧了。

他说：我得挣钱。你不觉得挣钱是男人更重要的责任吗？我和别人不同，我历来是把写作与挣钱分得很开的。所以严格地说，我是一个写作的爱好者。你说我不图喜欢又图什么？

肖航说：我有点相信你的话了。

他站起来活动了一下身体，接着说：我就是这么想的，当然我做这样选择最初也是出于无奈和被迫。

被迫?

对,被迫。

你能具体谈谈吗?

今天不谈了。以后我们会有时间谈这个话题的。

那边在喊吃饭了。饭前还要合影,他们向酒店的大门走去。这一路上,他们轻松地谈论着关于天气的话题。肖航说,下午的安排是游西湖,但是看不见荷花了。他说:西湖的美应该是一种人间的凄美,没有荷花倒更能接近这个境界。不过,他又说,这么多人去意思并不大,像赶集似的。

这句话说出后他就有些后悔。他觉得这太像勾引了。他很不情愿肖航悟出这一点,就及时换了个话题,他说:你这件红风衣很漂亮。

合影的时候,他们自然地站在了一起。

西湖的惆怅与生俱来。从这个意义上把西湖作为现代旅游景点是一件不可思议的事。西湖的价值不在乎为政府多赚几个钱,它理应成为寄托离愁别恨相思之苦的场所。你见过花钱买眼泪的事吗?淡妆也好,浓抹也罢,无论三潭印月还是断桥残雪,西湖的美本质上就是凄美。这似乎是命定的。你甚至都不妨把它看作一切悲剧的起源。

为什么是三个潭?我这样问自己。

历史上这座桥从未断裂过,真的是一种奇异的光照效果才留此美名吗?我还是在自问。

不知是我的一句带有勾引意味的暗示,还是命中注定的阴差

阳错,当会议的计划由游西湖改为打保龄球后,我接到了肖航的电话。她说她在西湖边上等我。她没说等我们。我想这个肖航一定是事先就知道了计划的改变,就是说,她愿意接着单独与我谈。这样的话便能使我兴奋了。我这种心情还不能看作是对一次普通艳遇的期待,倒很像一次缺乏足够心理准备的恋爱开端。我爱上她了?一见钟情?我并不想急于承认这点。我需要的是这个事实。

今天是个多云的天气。我到的时候,肖航已经在那儿了,站在一个报刊亭边上看一份时尚杂志。她还是昨天的打扮,只是把散披的头发扎成了一条独辫。在她边上还靠着一把红伞。出租车在她对面停下,我匆匆跑过马路,我说:你等久了吧?没想到杭州居然有这么大。

她说:你在北京待久了,上哪儿都觉小。说完,她就买下了那份刊物。等我们走进西湖的大门,她又把刚买的这份刊物送给了收门票的姑娘。我就问:你不是才买的吗?

她说:我已经把它看完了。不买觉得不好。

我说:你是个仔细的人。

这时她问了我:你喜欢杭州这个城市吗?

我说:我喜欢西湖。

你还能住上几天?

这倒没什么约束。会议完了,如果我还想住,就住到朋友那里。是男朋友。

她就笑了。她说:你也是个仔细的人。

我倒有些尴尬了。我说:确实是我的一个非常好的朋友,他开了个不错的酒吧,叫金萨克。

我常去金萨克的。

要不,晚上我们就去那儿?

这才上午,你把晚上就安排了?

气氛是轻松而愉快的。我们这个上午就这么随意交谈着,说到哪算哪,不像昨天那么公事公办一本正经了。和一个漂亮的女人这样进行明朗的谈话,对我已是久违。这种感觉很好,好就好在你没有任何心理负担。这种交谈的意义不在于沟通,而在于欣赏。

我想这就够了。你不妨把它看作某次的列车旅行,至少是消除了寂寞。可是,我来的时候并不是这么想的。我是来赴一次约会的,是进一步的接触。这样一想,我便生出了一点感伤了。我不知道肖航的心思,或许她本来就把这个举动看得很平常,就像宴席上对客人敬一杯酒,只是一种礼仪的需要。这种感觉与我的年纪不很相称。我都四十出头了,却还一如既往地幻想着花前月下。

这片微缩塔林还在。每次逛西湖,我都对这片人造景观产生关注。这倒不是因为它造得怎么好,而是这里有水市的那座振风塔的模型,它让我记起一个叫韦青的女人。今天是1999年的3月2日,但我对1982年12月20日的那一天记得很清楚。那也是个阳光失踪的日子,我们去登振风塔。几天后,我们在一起过了圣诞节。那个忧伤而寒冷的夜晚多少年来是我记忆中的一块石头。韦青也该有四十了,我无法想出四十岁的韦青的形象来,我只祈祷她过得好。时间如同流水,不经意就过去了十六年。那个时候我们多么年轻。现在我和这个叫肖航的女人一起游西湖,就像戴着手套与人握手,总有种隔膜的感觉。这么一想,我对西湖的印象即刻就淡了,还是找个什么地方去喝茶的好。

后来我们就去了西湖边上的一家茶楼。芳香的乌龙茶很对我的口味,但对那种烦琐的炮制过程感到厌倦。我告诉服务小姐,我这儿没事,她可以去照应别的台子。然后我对肖航说,我要是住在杭州,一定会常到这样的茶楼上来坐坐的。

肖航说:所有的人都会这么说。但是真住下了,就很少光顾了。你决定了吗?

决定？

决定什么时候走呀。

走很简单。

还是回北京吗？

不,回犁城。从杭州到犁城有直达的火车。

你不是刚从家里出来吗？

反正目前在北京也还是闲着。

那就在杭州多住几天吧。你不是说想去绍兴看看鲁迅的故居吗？我陪你去。

方便吗？

人是我自己的,有什么不方便？我本来就和电视台是临时签约关系。

我想我真是老了,话说得这么蠢。但那一刻我内心真是很高兴,我觉得自己至少没有计这位年轻貌美的女人厌倦,这在1999年,便是对我很大的赏赐了。我们兴致勃勃地喝着茶,谈论的话题也变得宽泛起来。我们谈到了去年奥斯卡获奖影片《美丽人生》和时下的巴尔干战局。我说 Life is beautiful 译成"美丽人生"不准确,准确的译法应该叫"生命美丽"。人生与生命不是一个意思,我这样说道,人生过于抽象,而生命是具体的。至于科索沃,那不是我们能关心的事。他们要打就让他打吧。这个世界实际上从"二战"结束后就没有过一天的太平。这时,她的手机响了。我能听见对方是个男声,就借故去了洗手间。

但是,当我从洗手间出来时,我突然吓了一跳——

我看见了玻璃门上闪现出一个红色的身影。是那个我几乎忘记的北京姑娘王珏!

这是个幻觉,但又如此地清晰。我没有把它说给肖航了。

——1999 年 3 月 2 日

# 杭州：1999年3月

雨大约是昨天后半夜开始落的。那个时分男人正在梦中跋涉。白天的那个幻觉使他诧异,但他无法弄清这个瞬间的白日梦含义何在。他的梦也被雨淋湿了,那块鲜艳的红色像西瓜的剖面,散发出诱人的气息,却又让你怀疑。

现在,他的窗外一片朦胧。雨下了整整一晚,城市完全笼罩在烟雨之中。从这个位置可以看见西湖的一角。会议散了,他住到了这套由张毅安排的房子里。这是一套两室一厅的公寓,设施齐全。张毅给他新置了床上用品,张毅说安心住几天吧,等天晴了我开车送你们去绍兴。张毅又说,我只负责把你们送到目的地。这一说,他倒不好意思了,他说:还是一块玩吧。张毅说,你怎么现在变得虚伪了?你真希望我夹在你们之间吗?

什么你们你们的?他说,我和那个主持人不过才认识几十个小时!

张毅说:几十个小时就够长的了。现在是什么年头什么节奏?难道还要先写几年的情书才能上床吗?

你别说得离谱了,他说,我确实没有什么别的意思。我想在你这儿玩几天,绍兴也不想去了,免得你这小子胡思乱想的。

张毅说:我倒觉得你来杭州干一阵子不错。我们真可以联手干点事。

他打断道:你别再和我谈生意好不好?

张毅说:那你就安心在杭州搞爱情吧。昨天那个肖航我看蛮好,比电视上还好看一些。我拴不住你,但那个女孩有办法。

他摇摇头:不行的,北京那边我已经跟人家做了合同。我至少要当给人家一年。再说,在杭州搞影视搞不出个名堂,稿费片酬谈不上去。

张毅说:赚钱的方式挺多嘛,何必要认定一棵树上吊?

正这么说着,门铃响了。自然是肖航到了,她带来了一包打印纸。昨夜在金萨克大家都认识了,因此也没有过多的客套。他及时用眼睛向张毅暗示:别再胡说八道了小子。张毅索性告辞,说:你们忙,有事打电话。

屋里少了一个人顿时就显得冷清。他给肖航倒了杯水,说:我们今天怎么安排?

肖航说:我听你的,你是客人。

客人?他想,我怎么到哪都是客人?但他还是很高兴,他在咀嚼"我听你的"。女人此时已移到了窗边,她放松的身姿被蓝色天鹅绒的窗帘所衬托,使她原本就白皙的肌肤更增添了一份光洁。她在看那西湖的一角,晶莹的目光中透着一丝茫然。不过这种形象很有些让他痴迷,他想如果这个女人是桑晓光的话,那么此刻他就会毫不迟疑地从后面抱住她,然后吻她,然后和她做爱。他发现有一个事实已经很明显,就是只要他从某个女人身上看见桑的痕迹,他便会想到肉体。但他不觉得这是个肮脏的念头。问题是,面前的这个肖航总让他想到那个来去匆匆的王珏。那完全是个未知的女人。他不明白自己怎么就无法摆脱她的影子。

我想,他走近肖航说,绍兴算了,下回再说吧。那些景色我在图片上也见得多了。实际上也就是去对先生的故里做一次凭吊而已。

你还是喜欢鲁迅的?

当然,我没有理由不喜欢他。

你是否感觉到鲁迅是压在你们这些人头上的一座山?

他是座山,可我没觉得是压在我头上。

我一直觉得,当代作家对鲁迅都怀有极大的恐惧感。

我们别就这个问题追下去好吗?我今天不想和你谈工作。

我的工作早完成了。你还想去哪儿玩?

雨这么大,就在这儿随便聊吧。

这也好。我们今天可以谈点私人的话题。你女儿多大了?

十三。个头比你低不了多少。如果不是来杭州,我就想回去了。

你这还是一种出差的感觉。不是出门。

你所说的出门是怎么个意思?

就是无家可归的意思。这才是名副其实的漂泊。你到外面其实是为了做事,譬如搞搞影视什么的。一旦事情做完,你就会立刻回家。我这么说你不介意吧?

不,你说得挺好,挺准确,我这几年就是如此。

你不会想到在某个地方相对安顿下来对吗?

暂时不会。除非我把女儿送到国外了,或者她上大学了,到那个时候我就会做出这种安排。

你设想过会在哪儿呢? 犁城? 北京?

也许我最终会选择一个靠海的城市吧,譬如大连、青岛。

你喜欢海?

对。我不喜欢长江,尤其不喜欢黄河。

那么西湖呢?

西湖边上的房子据说是全中国最高的价位,我怕是买不起了。算了,还是走一步看一步吧。

话说到此出现了停顿。似乎是有意做这样的设计,以便对话的双方都能有思考的余地或者换个话题。在他看来,对话极有可能向更私人的领域发展。但他不想去掌握对话的主动权,他觉得像这样一男一女的个别交谈,最好是由女人做主的好。这也非常符合作为客人的身份,他想,这时候我愿意把自己交出去。

女人抬起手去理滑落到额前的一缕头发。他第一次注意到女人的手很美丽。突然,他发现了这只手的腕部刻有一道疤痕,像一条细小的幼蚕乖巧地匍匐着。他立即把目光移开,头脑中像被发条紧了一把。割腕? 她割过腕?!

于是这个上午男人的思绪整个被这道疤痕所支配,以致后来他们出去吃饭他都觉得失去了胃口。

这个叫肖航的女人有着漂亮的仪表和优雅的气质以及一道精致的伤疤。我还无法来预测她将在我的生活中起到什么作用。那道疤痕挫伤了我对她可能的激情，却给我带来了不安的遐想。如果从一个作家的角度，我很愿意知道这道疤痕的来历。但是，从一个男人的角度我厌恶女人光洁的肌肤上这块污点。它比一位有过生育历史的妇人无法抹去的花肚皮更令我伤心。这不是一道普通的伤口，而是一次灾难的见证。那是怎样的一次灾难？肖航看起来是个有着成熟思想的女人，究竟是遭遇了怎样的不幸才决定如此轻生？

也许是我过于敏感了。面对那只手，我竟不知怎样来对待，是及时地握住它还是平静地放开，我始终没有做出决定。夜幕很早就拉开了，窗外的雨却未曾停歇。下午我哪儿也没去，肖航上单位了，说是要编一个带子。晚上的安排暂时还没有决定，她让我等她的电话。她说：如果五点钟我还没完，你就自己对付吧。我说我等你。说这句话时我能感觉到自己的目光含有特殊的意味。我肯定会等她的。我在这座城市逗留，就是因为面前的这个女人。这已是昭然若揭的事实。

别，肖航说，我的事没准的。

你总得吃饭吧。

有时候我晚上就不打算吃。

她又说：我晚上不觉得饿。

但我的感觉是她晚上另有安排。这个感觉不好但我能够理解。人与人之间有许多事是不需要解释的。我不由想起在北京的那个晚上,那位王珏小姐电话里说好了要与我共进晚餐,结果没有来。那个女人也不作解释。

那就再联系吧,我这样告诉肖航,晚上我不出去,在屋里敲敲电脑,把晚报约好的一篇随笔赶出来。我这又是在暗示,很愚蠢的暗示。

我会来电话的,她说。她对我笑了一下。

然后我送她上了出租车。我站在一个公共电话亭边,好像在让她从汽车的后视镜里看见,我在雨中目送了她很久。这又很愚蠢,而且拙劣,像是表演。我不能不为此沮丧。在我与女人交往的历史里,我似乎还没有过如此的拙劣。回想起我与肖航接触的这三天,整个过程都是那么不流畅,就像吃一顿夹生饭。而且反映在方方面面都显示出矛盾,莫名其妙的谨慎与同样莫名其妙的勾引搅拌到了一起。没有预想里的冲动,激情昙花一现,我们好似两根受潮的木柴,燃烧起来很困难。即使是烧着了,想必也会弄得烟雾缭绕。这是以往不曾有过的。可我弄不清是什么原因造成了这个局面。我发现我已经与从前的那个我判若两人了。从什么时候开始的,我变得这样的患得患失优柔寡断?

雨下得响了。我躺在床上。我的朋友张毅也没有再来过电话。此刻我就像一片叶子那样飘落在这西湖的边上。孤寂包围着我。单调的冷雨是我听到的这世界唯一的声响。我拨通了犁城的电话,但是没有人接。我不知道今天是星期几,李佳和女儿去了哪里。回家的欲望又一次强烈地抓住了我,肖航说得不错,我不是一个出远门的男人……

电话铃声骤然响了。我没有及时地拿起话筒,我想这应该是肖航的。等铃声响过几下,我才拿起话筒:喂?

一个陌生的女声:是刘经理家吗?

你打错了。

错了。好像一切都搞错了。我原本是可以不来杭州领这份破奖的但我居然来了。原本是害怕坐飞机的竟也无奈地又坐了,并且还邂逅了一个女人。原本我应该在完事之后就回犁城的但因为这个女人我竟没有走。原本我应该适时地握住近在咫尺的那只手的结果却在一道陈旧的疤痕前出现了迟疑。我想我委实迟钝了。我记得去年的一个秋日,我从西单图书城出来,阳光把我的身影写在面前。那是个标准的中年男人的身影,缓慢而持重。我讨厌这具行尸走肉,现在我却深知,一个人企图背叛自己的影子事实上是一件不可能的事。这是存在自身的痛苦。那一刻,我才意识到,在我的生命里还是缺少了一项不可忽视的成分,这就是爱情,就是女人,就是性。我难以活在真空地带。对情爱的渴望在那个刚刚过去的冬季呈现出前所未有的贪婪。我不知道自己属于爱的奴隶还是性的乞丐。

那真是一个漫长的冬季。它的严寒至今未曾消失。在这个冷雨纷扬的 3 月,没有烟花,没有莺啼,有的仅是莫名的不寒而栗——我仿佛看见那道疤痕正在回归到初始的面目,它的位置已由女人的腕部转移到了腹部。那是一道刚切开的伤口,如同十分性感的女人嘴唇,被细黑的羊肠线所缝合,但还是渗出了一滴鲜血。

这时,电话铃又响了。

——1999 年 3 月 3 日

肖航的电话是在夜间十一点刚过才来的。那个时候男人正在洗澡,裹着浴巾慌乱地拿起话筒,听见女人的声音温柔地传过来,他的心情一下就得到了调整,他说:我以为你不会来电话了。

为什么这样想呢?女人说,我可不愿意你这么想。怎么了?

我突然感到很想你。但我不希望你听了觉得突然。

应该是意料之中,对吗?

对。我留下了就已经说明了一切。你别认为我很冒昧。

可我还是觉得有些突然。怎么说呢,我真不知道怎么对你说才好。

你过来说吧。

现在?

对,我等你。

我都睡下了。

要不我打车去接你如何?你告诉我具体地址。

女人沉默了一会,他们应该互相都能感受到对方陡然加重的呼吸。最后,女人同意了,女人说出了详细的住址,其实他们相距并不算远。这就是杭州,远没有北京那样的大而不当。男人匆忙穿好衣服,还对着镜子梳理了一下头发,他不喜欢镜子里的那个男人,所以他把头发使劲地揩干,用手指随便理了理,想恢复到洗澡前的那种比较自然的样子。然后,他就出门了。外面的雨差不多已经停歇,但寒气逼人,远处的几块霓虹灯显得异常的憔悴。男人很快就拦住了一辆出租车,司机掉过头,从一条小巷穿过,就上了西湖边的道路。男人看见西湖的上空有一团厚重的乌云正在随风化开,很像电脑处理的一种特技效果。他想明天会是一个不错的天气,看来绍兴还是要去的。男人好像已经看见了明天的景象,那是一个男人和一个女人,并肩闲散地走在水乡的桥头。他们的倒影落在清碧的河流上。从男人的神情步履中丝毫看不出他是来凭吊鲁迅的,倒极像是对陆放翁的一次公开效仿。

很快就到了。女人站在一只广告灯箱的边上,远远看上去像一幅冷色调的油画。女人实际上已走出来了一些路,后来她也始终没有对男人说明自己住宅的位置。她显然是不想男人知道,也不想引起周围人的注意。车在她身边停下,女人和男人都坐在后面。这样一上车,男人就握住了女人的手。这只手上没有任何的疤痕。

男人的手指从女人指间穿过再握住它。两只手越握越紧。一路上他们没有再说一句话。掠过的灯光使女人脸上忽明忽暗,这种神秘感对男人具有非凡的吸引力。男人的心绪在这一段时间里变得纷乱,他觉得自己突兀地揭开了这个序幕,但对故事的发展还是有些不知所措。他为赢得这个晚上这个开端而激动,却又显得信心不足。最要命的,是男人意识到正在发生的事实含有几分庸俗,这种心理说白了和在路上捡到一只钱包大同小异,原本不属于自己但确实又得到了。

一切随着惯性发展,等回到屋里,他们就拥抱在了一起。

要是我今晚不跟你过来,你会怎么想?女人说,会明天就走吗?

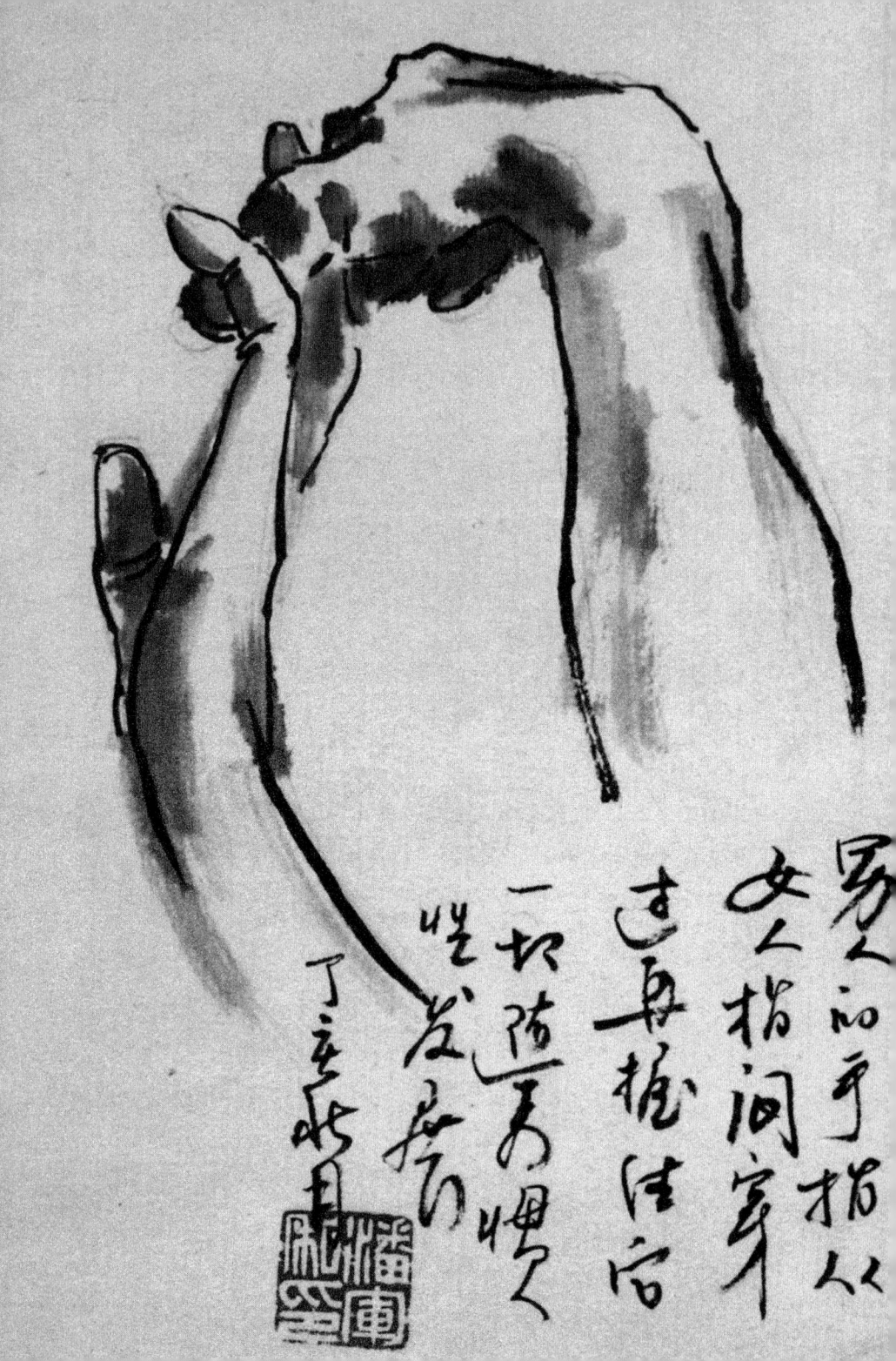

我想会的。我留下来就是想见证一下我们的缘分。

你认为我们有缘?

是的。你看世界这么大,我们竟在一架飞机上相遇……

我不这么看,女人说,爱一个人很困难,也很辛苦。

那你怎么看待我们现在?

我不想回答这个问题。我们或许能在一起开心地过几天,然后剩下的就是记忆了。

就这么简单?

我不想把事情弄复杂,这很愚蠢。

这时,他们才坐到沙发上。客厅里只开着一盏落地台灯,光线很柔和,有点像伦勃朗绘画的调子。女人有些懒散地靠在男人身上,玩着男人的手指。女人说:你的手很性感。有人这么说过吗?

有。男人说,我在海口时,一个女人这么说过。

真的?

对,连措辞都一样。

我和她长得像吗?

皮肤很像,都是鱼的皮肤。

鱼的皮肤?

我是说光润、细腻和我的手感。

她很漂亮?

我认识的女人都很漂亮。

你这前半生和几个女孩子好过?

别问我这个好吗？

我想知道我是老几。老七还是老八？

这个晚上实际是从这个时候开始的。女人又说起了那本神秘的书。女人说：看来天蝎座只能和射手座在一起了，但是不会永远在一起的。男人说：为什么不呢？男人紧紧地抱住了女人。这一瞬间变得特别安静。他凝视着女人的眼睛，他数出女人一只眼的睫毛有五十六根，睫毛投下的一圈浅黛色的阴影让他心醉。然后，他横抱起女人走进了卧室。女人半闭着眼睛，身体有效地配合着男人脱去衣服。男人打开了床头灯，女人的胴体没有脱离男人的想象，是那样的白皙与光润，散发着清淡的香水味。这是一床很宽大的丝绵被，遮住两个身体还有不少富余。在足够的亲吻与爱抚之后，女人就骑到男人身上，女人说：我想好好看看你。于是女人从他的颈项开始，一寸一寸地吻下来，男人感到那种久违的美妙体验也正在一寸一寸地生长。他欠起身，想看清女人在自己身体上认真的耕作，一种异常强烈的满足感渗透在他的血液之中。

女人说：你皮肤很苦。

一夜风流。翌日我醒来的时候肖航已经离去了。她给我留下了一句话，是用眉笔写的：

我出差去外地，不要再等我。


我不能不感到失落。我没有料到事情这么快就走向了结束。昨夜的经历就像一场春梦似的过去了，却给了我漫长的遐想。我立刻拨打肖航的手机,但是她关机了。显然她是故意这么做的。我甚至怀疑所谓的出差也不过是托词,她其实早就安排好了。她一定还在杭州,但是决意不再见我了。

我想,这座城市已和我没有关系了。我就站在这个窗口,天放晴了,可是窗户的玻璃上还留有昨夜的雨迹,似乎是凝固着,感觉不到会很快风干。它们在疲惫的阳光下呈现出橘色,成为我对昨夜记忆的一种提示。但那个时候我没觉得在下雨,我觉得雨已经住了。我和一条暖血的鱼在一起度过了生命中又一次刻骨铭心的时刻。做爱之后,我们仍没有睡意,我在考虑我们的下一步。我对她说,要是北京那边的事一拖再拖,我就中止合作,转到杭州来发展怎么样?她立即制止道:别,这不现实。

怎么不现实?我是自由的。

可我不自由。她侧过身,面对着墙说:我的情况你还不知道。我是结过婚的,我那位三年前去了西雅图。

我这才知道她属于那种留守女士。我心里有了一点忧伤,但并没有感到怎么意外。我想象她这样的女人在我出现之前身边是不应该缺乏男人的。

我说:你很快会走?

一直这么想的,不会拖得很迟。她说,可我不知道真的过去了会怎么样。

这不是随便可以预测的。

我去那边能干什么呢?我外语又不行,也不想再读书,做家庭主妇又显得过早。

我没有再接话。这个问题不是今晚能谈清楚的。我就搂住她,但她说:睡吧,明天我还得上班。

灯灭了。对面街上的霓虹灯透过窗帘使室内散发出极浅的红色光晕。雨是何时又下了又于何时停歇,我都不知道。

这一觉我睡得太沉了。

现在,我沿着西湖边上的这条道缓缓走动着,我的身边是刚吐出新绿的柳芽。这春天的消息却没有让我振奋,我仿佛还滞留在那个刚刚逝去的冬季里。我想我也到了该走的时候了。于是在一个公共电话摊上,我给张毅挂了电话。结果是他的三处电话都没有人接。我又改拨他的手机,很快通了,但出现的声音却很陌生,那是个男人,喑哑的江浙口音令我极不舒服。他问:你是谁?我说我找张毅。他又问你是谁。我有些生气了,我就说:你告诉我这是不是张毅的手机。那人说是,但又说张毅现在不在。

真是活见鬼。张毅怎么会也不在呢?撂下电话,我打车去了火车站。那时候的杭州有这样一个丢人现眼的火车站是杭州的耻辱。而几小时后我还得从这耻辱的火车站里通过,去一个同样丢人现眼的地方犁城。在火车站,我又拨打了肖航的手机,得到的回答仍然是没有开机。我的心情在这个时候已经很是恶劣了,我为自己有这副心情感到惊讶。为什么这些年来,一遇上稍微的不顺利我就会朝一些不好的地方想呢?以至我女儿每天放学晚了点回家,我都出现莫名其妙的紧张。难道这就是所谓的世纪末情绪,充满着焦虑与恐惧?

开往犁城的火车是下午五点一刻出发。我收拾好就去了张毅的金萨克。酒吧还没有到营业时间,我就把公寓的钥匙交给了值班经理。我问他们老板去哪儿了,经理说不知道。经理还说他已有两天没见到他的老板了。我心里不由得颤了一下,总觉得张毅会遇上什么麻烦,可是一想到他那副豁达开朗的样子,我又觉得我的担心显得多余。但我还是这样向那位经理交代了,如果见到他的老板,让他转告我的出发时间。

然而,直到开车的前一刻,我也没有发现张毅的身影。

——1999年3月4日

## 犁城:1999年3月

怎么又回来了？李佳见面就这么问道,北京的事情黄了？

拖着呢,他说,这个月底才动作,我去了一趟杭州。

正好,我过几天要出差。李佳说完就准备上班,出门时又说:今天你接手做饭吧,我不回来吃。

他点点头,说:今天我请你吧,我在杭州领了一份奖金。

李佳头也不回地说:你还是把钱攒起来重新讨个老婆吧。

女人的背影好轻松。可以想象出这些日子她的心情一直很好。他想,女人或许又有了新的着落,否则脸色是不会这么鲜亮的。李佳真正想说的是希望他也有个安排,这样他们彼此就不会再有牵挂,人生的第二步才算正式开始。他觉得这很奇怪也很有意思,好像总有某种默契存在于两人之间。

这个早上男人的情绪忽然有了些好转。杭州的疑虑与烦恼经过一夜的火车颠簸似乎消失殆尽。只是在洗澡时,他才意识到自己这具略显臃肿的身体四十个小时前是被一个女人亲近过的,他因此有些心乱,继之又产生了恍然若梦之感。他沮丧地想,日子真是越来越乏味了,看来就是肉体也证明不了什么。

洗完澡,他着手检查近期的信件。那都是一些寄赠的期刊杂志和读者来信。还有几笔汇款。他简单地算了一下,这几笔钱加上刚从杭州领到的这份奖金,正好可以给女儿买一台配置时髦的电脑。女儿现在很迷这东西。她总是拿两张学习软件作幌子,其实是专心致志地玩游戏。但不管是学习还是游戏,给她买台电脑都是必要的。她正处于学习的阶段,也是玩的年龄。还有一层意思,也许是最重要的,就是他不愿意女儿把对他的依赖置换成对他的这台电脑的依赖。上一次出门时女儿曾对他说:爸,你要是出差能把笔记本电脑留给我,我也许就不想你了。

这句玩笑话使他难受了好一会儿,尽管他觉得女儿能这样的大大咧咧是值得欣慰的。女儿大了,她总得独立出去,总得去闯,那个时候做父亲的他就是想再帮女儿一把也插不上手了。人就是这么一步步过来的。但是这一天逼过来太快了。他的手机在这时候响了,来电显示的是一个陌生的号码,但听到的是熟悉的声音:我是肖航,你好吗?

你在哪儿?

在宁波。我确实是出差了。

那你干吗把手机关掉?

我怕听见你的声音会改变计划。

你担心我会追到宁波,当着你同事的面吻你?

别这么说,我是想……

你想得太多了。

我不能不想。我们的情况不一样。

可你现在又把电话打过来了。

现在我觉得你该到家了。

我刚到家没一会。

我说过,你是个好父亲。见到你女儿,就说杭州有个肖阿姨问她好。

电池报警,他提醒肖航:你改拨我家的电话吧,手机的电池快没了。

肖航说:先说到这吧,祝你一切顺利。

他说:别经常关机,让我好找到你。

肖航说:你多保重。到了北京和我说一声。

他说:我会的。我很想念你。

肖航说:我也是,昨天离开你那里,我心里到现在还重着,可我不能再伤心了。

电池完了。肖航再也没拨过来。他给她的手机拨过去,对方已经关机了。男人沮丧地坐到沙发上,他想,如此匆忙地离开杭州或许是个错误,可是继续留下又能怎么样呢?春宵一夜或者两夜？那个肖航显然是不想把事情复杂化，她心里最想的还是尽早飞往西雅图和自己法定的男人团聚。这是个既传统又现代的女人。不，这个说法还不准确，谈不上什么心理矛盾，实际上这件事还是一次普通的艳遇。这种事在今天就像一滴水那么自然。

这个上午男人把他在杭州的经历简单地梳理了一遍，心情很不自在。他和那个叫肖航的女人本以为是遭遇了爱情，但更多的却是被即将诞生的爱情吓跑了。肖航说：我不能再伤心了。这说明她的心是被爱情伤过多次，几乎已到了承受的极限，所以守住法定的先生是最为明智的选择。男人自己何尝不也是如此？然而眼下这个男人还不想对婚姻有所渴望，他从来就认为婚姻这种形式没有什么道理。

最后，男人又想到了女人手腕上的那块疤痕。

你怎么这么快就回来了？女儿放学回家见面也这样问，和她妈一样。不过女儿还是很喜悦，鞋一换就去玩我的电脑了。

我系着围裙在忙着做饭。李佳中午不回来，她可能晚上回来拿自己的东西。这么快地走了又回，在我七年的自我放逐生涯中还是第一次，因此在感觉上我还认为自己并没有离开这个家。上一次，是在春节前，我也是从北京回来，然后匆匆赶往石镇去陪三位老人过年。他们的年龄分别是六十多、七十多、八十多。女儿没有随我回来，说假期要上钢琴课。女儿已有三年的春节没有回石镇了。今年的春节过得异常地清冷，比平时的一顿饭还简单。到了正月初三,水市的朋友来车接我,这样我就去水市住了几天。那几天除了喝酒打麻将就是聊天,毕竟大家也是分别了多年。我给小丹去了电话,但没有人接,大概去外地她丈夫家过年了。一天晚上,我独自去了江边,想去看看当初韦青住过的那个屋子,意外的是,那儿已变成了一道新防洪墙。我于是有了一种凭吊的感觉。那个遥远的冬夜又一次从我记忆的深处泛起,仔细算起来,韦青已离开我十六年了。自我去南方以后,我就没有再收到过韦青的圣诞卡,她是否还在洛杉矶我没有把握。如果在,我会让二妹去看望她的。除夕之夜,二妹照例要挂来电话,和以往不同的是,这次她提出要我每天抽一个小时来学习英语。她说:你就一个女儿,最后还是到这边来养老吧。这句话说得我心里一沉,我觉得在二妹的眼中,我离"老"实际上已经只有一步之遥了。难道我真的很快就要老去?

此刻,我的女儿正在书房里专心致志地玩着电脑游戏。她给我的背影是热情洋溢里透着沉着,我似乎这才意识到,她的要离开不是一句戏言。现在她喜欢的是歌星李玟,她说有许多同学都说她长得很像这个李玟。我喜欢李玟的歌,她说,但我更喜欢她的路。经她的介绍,我才知道这个李玟曾经在美国学医,是拿过硕士学位的。这孩子的独立性从小就反映出来,我为拥有这样一个女儿骄傲。但她从不以有一个作家父亲为骄傲,甚至还经常挖苦我几句。有一回她说:爸,我不崇拜你你是不是很失望呀?我说不。我说:感到骄傲理应是上辈对下辈的心理,反过来就是可悲了。这是前年的事了,那时我的《北纬20度》正走红,其他的书也接连不断地在出,报纸上电视上搞得沸沸扬扬,我被记者们包围,而十一岁的女儿却无动于衷,这很好,真的很好,这孩子将来一定比她父亲出息。

吃饭的时候我问女儿,将来想干什么?

她说她暂时不想这个问题,但出国是必须的。

那么,我问道,你打算什么时候走呢?

我希望初中毕业就走,但妈妈认为至少要念完高中。你认为呢?

你得在国内读完本科。

那不行,那样我就太老了。

你走了之后,我和你妈妈每年都会去看你的。

我想将来把你们都搞过去算了。

你还是先把你妈搞过去吧。

那你怎么办?

我一个人就好对付了。

那不行。你病了怎么办?

去医院呗。

医院不是什么都能办好的。

这句话着实让我心动了。我注视着孩子,突然对她产生了歉意,要是我和李佳不走到这一步,这孩子就不会有这样的精神负担。

后来我们又谈到了她的发展方向,女儿一口气说了很多,海阔天空。譬如说她们几个要好的同学若干年后要办一家收视率最高的电视台,推出一流的歌手。我听得津津有味。我插言道:你无论干什么我都不反对,唯一我不主张你干的是文学。

为什么?你不是搞文学的吗?妈妈也爱好文学呀?

可文学把我们都害了。

严格地讲起来,我和李佳的媒人是陀思妥耶夫斯基,而最后离间我们的是我的作品。我不止一次地想过,倘若当初我安心走一条官道,过着机关——家庭两点一线的日子,或许我们也会像这"红门"里的人一样地养尊处优了。可是这确实是一个幻想。差不多是李佳抛弃陀思妥耶夫斯基的时候,这个亡灵加倍地缠上了我,于是我的移情别恋便在所难免了。昨晚在火车上我还是像以前一样失眠,我在车厢的连接处不断地抽烟,眼前出现的 1979 年 8 月的那幅画面一点也没有发黄。我甚至还能记起当年李佳头上发卡的样式和颜色。那个时刻,杭州的一夜春宵业已抛掷脑后。我想,我也许是在衰老了。一个人的衰老首先是从记忆的变形开始的。具体地说,他对刚刚发生过的事记忆总是呈现出模糊状态甚至是遗忘,而对一些年代久远的事又越发地记得清楚。这就是衰老的最初信号。望着窗外快速掠过的夜色,我的心在慢慢地下沉。一个男人平生爱一样东西并不容易,我鬼使神差地走上了这条路,掉头是不可能的。几年前在海口,一位记者曾向我提问:如果再让你做一次选择,你还搞文学吗?我说:还搞。要是现在有人再提此类问题的话,我想我会加上一句:我不会再娶一个爱好文学的老婆了。

——1999 年 3 月 6 日

和全中国一样,犁城这一年的兴奋点是忙着庆祝国庆五十周年。政府在市政建设上花钱像流水,总以为一夜间会改变城市的形象。在东面的一块百亩空地上,两年前就在动工兴建一个广场,投资上亿。那一片是工厂区,报纸上说当初拍板这一计划,主要是为了工人阶级的休闲。这当然是很好的,但是这个城市的企业每况愈下,形势越来越令人担忧,下岗的工人每日俱增,据说他们每月只有一百二十八元的生活费,还据说其中一部分人的生活费难以兑现。让他们饿着肚子休闲就有些勉强了。今天的报纸上还在说这件事,说广场正在加班加点地施工,确保10月1日之前对外开放。在第一版上,还配有市长视察工地的大幅彩照,那个气色很不错的男人头戴安全帽正在施工人员中看图纸,右手指向前方。但是这幅照片有一个问题,就是市长手指的方向不对,因为从方位上看,他所指的前方应该属于一条污水河,倒像是治污的意思。如果真是这个意思,那无疑是积了大德。

很巧,男人在菜市买菜时,碰见了拍摄这张照片的摄影师,于是就谈到了这张照片。男人随口把自己的想法说了:我总觉得市长的位置站得不对。

摄影师说:他一定要以广场为背景,可要是拍他的侧面又不合适,就挪了一下。

原来是新闻秀。就是说这是一张摆拍的新闻照。就是说市长在昨天友情客串地当了一回演员。他本来就是市长,何必还要演呢？男人困惑的是这个。

从菜市买菜回来，刚回到"红门"里，他遇见了文联的一位负责人，他们曾经在机关是同事，刚提拔到文联任职不久。那人把他叫到一旁，对他说：你还是回来吧。

他感到很突兀，便想知道为什么叫他回来。

负责人说：我前些天翻档案，才晓得当初你的挂职停薪手续并没有办，工资也一直还在表上。

他说：我是接到单位的证明的。

负责人说：那大概是临时开的，没有报经人事局和财政厅批准。现在上面已不许再搞了。

他说：就是说这是个骗局？

负责人笑道：你别这么想，回来就是了，反正你是专业作家，也不存在坐班的。从下个月起来单位领工资就是。

他说：下个月？我从1992年起就没领过文联的一分钱，这七年的钱怎么说？

负责人说：这是前任手里的事，我不过是先同你通个气。

他感到很气愤。他绝对没有料到自己的单位会给他出示一纸伪证并且存档。这是明目张胆地吃空额。要是他突然死了呢？难道这笔每月由财政拨款的薪金一直领下去？那是谁指使领的？这笔钱累计起来不过五万吧，不是什么大事，问题是做法太恶劣！

当天下午，他去文联找到了当家的书记，开门见山地说：那件事总得有个说法吧？

书记说:既然当初手续没有办,就回来吧。

他说:就这么简单?

书记说:这是前任的事,就别追究了。你现在这么红火,还在乎这笔钱吗?

他说:我不在乎钱,但我在乎欺骗。你们利用我没关系,但是不能又利用又欺骗。

说完这话他就离开了。书记送他出来,还是希望他息事宁人,免得使事情复杂化。

他说:是你们把事情搞复杂了。

书记说:回来上班不就解决了嘛!

他说:我要是不想回来呢?

书记说:要是能办提前退休也行。

他说:我今年四十二,你觉得是退休的年龄吗?

书记解释说:我只是在想一个办法。

他说:办法很简单,就是你们到你们的上级组织去检讨,我把这笔钱捐给山里的孩子。

书记哈哈一笑,说:这是前任手上的事。

前任?前任是个什么角色?他对那个人已经毫无印象,仅记得那人拥有一副永远微笑的面孔。那个人大概就只会当面对人微笑。他是否也有背后哭泣的时候?也许没有,但总有一天他会在梦里抱头痛哭一场。

这是一个阳光极不明朗的日子。

从文联院子出来我就不舒服。我已经很久没有进这道门槛了。1990年我从机关下放时,当时的负责人一面对我深表同情一面把我牢牢悬挂着,两年没有任何安排,也没有一个部门愿意接受我。那时我已经出了六本书,却还不能成为专业作家,而这个人没有一部著作却能做文联首长。直到我只身去海口,没想到给我开出的还是张假证明。在那些人眼里,我只是一根自生自灭的野草。但即使是野草,也会一岁一枯荣的,所谓野火烧不尽,春风吹又生。而我的生,绝没有凭借任何的春风。这是我今生最大的光荣。可是谁能知道,这自我放逐的七年是恐惧的阴影紧追不舍的七年。

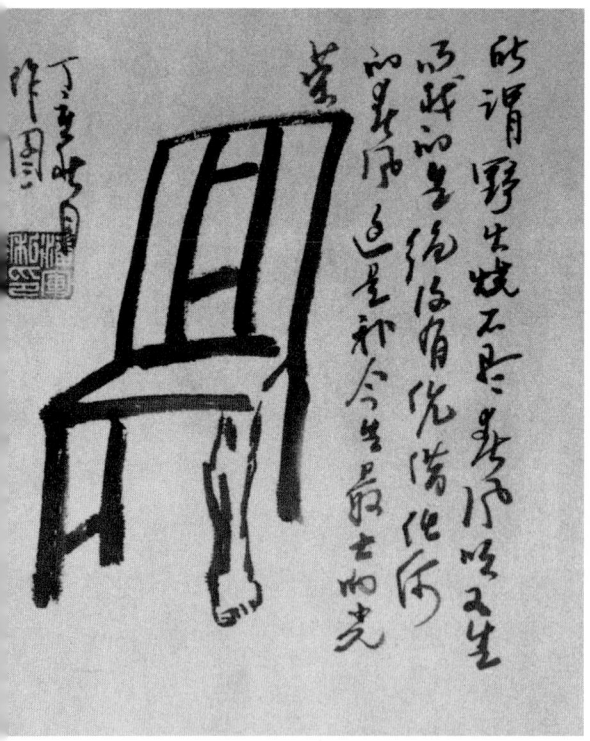

除了无端的冷漠和压制,这七年我经历了三亚的车祸、羊城的遭窃、朋友的背信、情人的反目和家庭的瓦解。1993年9月的一个夜间,我从上海飞海口,飞机在万米高空遇上了强气流而直落两百米,小桌板上的咖啡飞到了我脸上,氧气面罩在我眼前像秋千一样晃动。我经历了一场死亡的热身赛。我在极度的恐惧中度过了一百五十分钟。那也是我大脑出现的最长的空白时间。然而就是这样,我也还是无怨无悔。我在大学时代就幻想着有一天能走进这座不起眼但对我极具诱惑力的院落。如今我却更愿意对它敬而远之。

我回来的消息不胫而走。今天上午我就接到了作协的通知,让我下午去参加主席团会议。我回答说:我已经辞去了一切职务,怎么会再去参加这个会呢?再说按章程这一届的作协早该换届了,还有什么会好开?对方就让主席来同我说话。我制止说:要是这样,我就挂电话了。说着,我放下了话筒。我厌倦作协这个组织,我更对那位主席反感。那个人原本和我不认识,人缘极差,但以前也因政治问题受到了一些排挤。这个人原本是做梦也当不了主席的,是我们这些年轻人为他鸣不平,才一致把选票投给了他,希望他上台后能为基层的会员做几件实事。但是这个人当选后唯一急于要做的,是一早起来重新印制了一张标有主席头衔的高级香水名片,然后就带着老婆不知去向,一走就是几个月,把作协工作撂到了一边。他的无能和无耻都超出了我的想象,再和这种人共事便是我的耻辱。我平生厌恶什么都想要的人,我也瞧不起名片上印上一大堆职务头衔的人。

那位书记的话虽然是脱口而出,但是在我的心里还是引起了波澜。他居然想到了让我退休。他本人为何不退呢?他至少比我大十五岁。我似乎明白了,他们是组织里的人,他们的进退升迁都由组织一手包办的。而他们又来充当我的组织领导,因此可以对我提出提前退休的建议。其实十年前我就成了他们的一件包袱,所以那位微笑的前任把我一挂就是两年也在情理之中。他们只须一张假证明就轻松地把我给打发了,对我唯一感兴趣的是我每月那几百元的工资,克扣下来多少有点作用。现在这笔钱累得大了,他们便担心无法收场,万一东窗事发,摆上桌面怎么看也还是个事。我想这大概就是他们急于要我上班的动机了。

事情一点也不复杂。

我和北京通了电话,我告诉那家公司,事情怎么拖没关系,但必须先付我三分之一的订金,否则我就不会再去了。对方说这事得向老板汇报。到了晚上,老板的电话来了,他答应了我的要求,并强调说项目很快就启动。老板说这个月的18号是冠华酒店正式开业的典礼,届时会有许多名流云集,希望我能赶回去参加。老板说:在你们文艺界,我是有很多的朋友的。

这话听起来一点也不使我亲切。我喜欢的是文艺,而不是文艺界。从来不是。

——1999年3月9日

## 北京:1999年3月

在犁城的那几天里,除了每天给女儿做饭,男人余暇的时间就是看盗版的VCD光盘。犁城有几个音像市场,盗版的光盘比北京还要便宜。使他意外的是,在这里他居然找到了像伯格曼的《芬尼和亚历山大》,基耶斯洛夫斯基的《蓝》《白》《红》,波兰斯基的《钥匙孔里的爱》,贝托卢奇的《我独自跳舞》,安东尼奥尼的《云上的日子》这样的优秀经典作品。这是他心目中的电影。他们表现的是人类社会共同关心的问题,如处境、恐惧、爱和宗教感。这在中国的电影里是根本无法看见的。中国的一些大牌导演不是装腔作势就是迷恋那些小情绪,或许正是这个原因,他觉得自己应该来做导演。这种自信心在他与几位著名的电影人有过几次交往之后显得尤为强大,他似乎一眼就能看见那几个人水准的高低,而他事先预备的几分敬重顷刻消散。也正是这种理想的支配,他必须和一些影视投资人打交道,电影毕竟不是一个人能玩得起来的。这一点,远没有写小说舒服,如果你是个天才,就是坐在马桶上用香烟皮也照样能写出惊世之作。

那几天李佳不怎么回来。李佳现在担任了一点行政职务,外面的应酬自然就增多了。这当然是她的解释。在他看来,女人大约是在恋爱。有一天,他接到一个男人的电话,是找李佳的,对方问:请问李佳在吗?他说不在。对方又问:你是她……他说:我是她孩子的爹。对方说哦,谢谢。电话就此挂断。他不由得笑了,谢谢?谢谢我是孩子的爹吗?我是孩子的爹是天经地义的,不谢我也照样还是。他想电话的那一端应该是个温情而怯懦的男人,应该还有几分腼腆,这都是好的,都很对李佳的脾气。但是这种男人往往很虚伪,不知李佳可曾这么想过。女人不能和一个虚伪的男人搞到一起,他想,那可比被流氓强暴还倒霉的。这天晚上后来李佳回来了,说是参加一个什么开业典礼,得了几件礼品,其中有一只时下比较流行的西服提袋。李佳说:这东西送给你。你常年南来北往地跑,用得上的。说着李佳就把这提袋打开,拿件西服示范了。他说:我知道怎么用了,谢谢。李佳说:谢什么,你这回从杭州回来不是还给我带了化妆品吗?

他想李佳还是那个李佳,有时候直率得让人难受。为什么要把这两件事拴到一起呢?难道我们之间现在只剩下了最原始的易货贸易式的以礼还礼?女人心里或许就是这么想的,像这样的女人真不能和一个虚伪的男人一起生活。于是,他说起了白天的那个电话。他说:那个人我不认识,但我能感觉到他脾气很好。李佳对此显得毫无兴趣,不想就这个话题谈下去,而是和他郑重地谈起了女儿。这孩子最近的考试很不理想,李佳说,你知道吗?我对这个孩子的希望正在一点一滴地散失。你也不要以为你女儿天资过人,其实很一般,而且她还心比天高,总觉得自己了不起呢。其实她就是个普通的孩子,她的将来也必然很普通。他认真地听着,但他不同意李佳的看法,他说:我觉得孩子各方面都很正常,一次考试说明不了什么,更何况目下这种应试教育本身就是问题。李佳说:你这是盲目乐观,其实是不敢负责。我要是有一天真把孩子交给你,你让我怎么放心?

那我就回来安心陪女儿,他沉着地说。

你带我也照样不放心。李佳说完,就收拾东西离开了。

他送李佳出门,李佳说:别送了,我让单位的车来接我。你什么时候去北京?

回头我和那边联系一下。他关上门,走到阳台上,看着李佳的背影消失在黑暗中。那个时刻,他有了一阵的心酸。他想李佳这些年走的路也委实不容易,某种意义上,她更是孤立无援。

几天后,北京的电话来了。他便预订了车票。本该是昨天晚上出发,但是昨天下午女儿的学校安排了家长会。李佳说:你最好能去开这个会。她的一个老师很喜欢你的小说,你最好送上几本书。他完全同意了,想李佳作为母亲也是用心良苦。家长会开得很愉快,女儿在校的情况并不像李佳说的那样糟糕,尽管这次考试的名次有所下降,但那是因为政治课分数影响的缘故。会后,他与几位老师交换了意见,送上书,没完没了地致谢,好像是他欠了他们许多似的。

今天临出发前他和女儿去了肯德基。他坐着台子,女儿负责张罗,每人要了一份套餐。他告诉女儿,购置电脑的钱他已经交给了她妈妈,可以任意配置。女儿说:我们上网吧,再各自设一个E-mail怎么样?他说:等我忙完了这阵子。女儿说:你哪有那么多忙的？我们没事在网上聊聊天多好。他说:你先跟网友聊吧,但别耽误了学习。

天不久便黑了,父女俩打上出租,女儿一路上都在唱一首酒井法子的日语歌。他先把女儿送进"红门",再直奔火车站。

他对女儿说:妈妈要是不高兴的时候你就得乖点。

女儿说:我一直是很乖的呀!

他说:要是她生病了,你就及时给我打电话。

女儿说:这话你应该亲自对她说才对。

冠华酒店的开业典礼十分隆重。

正如老板所言,他的朋友确实很多,除了文艺界,别的什么界一些有名头的人物也不少。在这个仪式上,有时下当红的歌星、影星,有京城活跃的记者,有前乒乓球世界冠军,还有不少的司局长和某某人的亲戚。但这个刚下火车的男人极不适应这种过于热闹的气氛,于是在开宴的时候他溜号了,回到了那原先住过的304室。

这间屋子看上去并没有怎么收拾,靠窗的地方,地毯上还隐隐约约地能看出他的脚印——那个晚上他在这个位置站了很久。那一天是2月26日,当时外面正下着大雨,他在等候一个叫王珏的女人。他原以为这将是一个故事的开始,可是这个故事还没有开始就意外地结束了。现在,他眼前只剩下一片红色,那是王珏的车。他努力想记起她的形象来,但怎么想都只是一个轮廓。而且在今夜的仪式上也没有见到这位公关部经理。倒是另一个女人的面目越来越清晰了,那个穿红风衣的女人。他想该给肖航打个电话了,如果女人方便,他很想邀请她来北京一趟。他似乎觉得这种心理很不健康,好像与自己交往过的女人,只有在有了一腿之后才能在他的记忆里扎下根来。这与从前的理想完全背道而驰。从前的时候他更多的是幻想一个女人的偶像,譬如林青霞,譬如外语系法语专业的那个女生。现在他对女人的关注好像除了肉体还是肉体。我真是堕落了,他想,可我又不知怎样才能管住自己。就像现在,我盼望的是尽快和杭州的那个女人取得联系,然后等待她飞过来共度良宵。

但是肖航的手机还是没开。这使他慢慢变得心烦意乱,以至于在后来的几小时里他就整个地泡在浴缸里。

望着自己这具日渐臃肿的身体他十分懊丧。这是个毫无生命气息的躯壳,是个连拥有者都感到厌倦的皮囊。这身躯还将失去水分,慢慢干枯,最终形同木乃伊,直至被烈火烧成灰烬,于是一个生命就完全地结束了。生命就这么简单。但这个过程又是如此漫长。其实计算一个男人的生命应该从他阳痿那一天算起,到了这一天,这

个男人活在世上也就是混口饭吃了。男人应该知道,最能证明自己价值的是女人。所谓名誉、地位、金钱和权力,都无法来慰藉一个男人的生命,男人的一切光荣都建立在女人身上。欧内斯特·海明威是深知这一点的男人,所以,当他意识到自己对女人无所作为时就果断地拿起了双筒猎枪。这个举动超过了他的一切文学成就。

他突然又看见了肖航手腕上的那块月亮形状的疤痕。据说割腕最好的地方就是在浴缸里,血浸在温水里不会凝固,这样会流到最后的一滴。很多天过去了,这块疤痕还是成了他凝视死亡的一件标识,但他此刻还不知道真正的死亡信息已经到了他的门前。

有人敲门,他匆匆从浴缸爬起来,对外面说:就好。然后就急忙穿了衣服,打开门。是老板和公司的两位部门经理,个个都是红光满面的。

老板说:你怎么跑回屋里了?有几个朋友还想见见你呢!

他说:我不习惯这种杯来盏去的场面。

老板说:闹得慌是吗?在北京做事冷清了可不成。

说着,老板搓搓手,谈了他关于影视项目的设想。他说准备先搞一个百集电视剧系列,二十集为一个段落,拿这个去占领中央台的某个频道,这样一来是既做了产业又拉动了房地产。

他将信将疑地看着老板,说:一百集太长了吧?就是胡编也没那么容易。

老板说:是呀,要是容易的话,我能把你请来吗?

他说:我也是没什么把握的。我也许只能给你开个头,余下的你找别人吧。

老板说:这不行,我还就相中了你。你的订金我给你带来了,先付你二十万。等第一部的二十集做完了,我就再付你二十万。你就安心在这待着吧。这个酒店可是按三星的标准建的,生活上还有什么不如意的吗?

他说:生活上倒是没问题,主要是得先干起来。

老板说:别急,你忙的日子在后头,有你忙的。不过这几天你让我缓口气,安心在家看看资料,想出去玩就说话。

说完,老板就告辞了,让司机留下来与他办交款手续。司机拿出一张支票,请他写收条,他说:你还是直接帮我存进银行吧,免得我跑来跑去。

司机说自己明天一早要去天津。

他说:那就让王珏来办吧。我怎么今天没见到王珏呀?

司机看了他一眼:你不知道?

知道什么?

王珏死了,就在你去杭州之前出了车祸。

这应该就是 2 月 26 日事故的发生地。很多天过去了,我仍然无法承认这是个事实。我总觉得这是多年前我目击的那幕惨剧的延续。时间使它化为一个幽雅而恐惧的梦魇,走进了我的意识。在那个以红色为背景的梦魇中,青春的鲜血像梅花一样散落在街上,被雨水冲走。那个时候,我站在这个梦魇的边缘地带,麻木的表情如同一个十足的傻瓜。谁也不会知道我已是欲哭无泪,谁也不会知道我在记忆中把朋友的尸体一片片地缝合起来。这个梦魇压迫了我几十年,但永远不能使我忘却。即使有朝一日我突然死去,我也会把它带入地狱之门。眼前的事实无疑使这个难以磨灭的梦魇颜色更加鲜艳夺目,我这才知道,我到北京的第一天,我们曾经乘坐的那辆漂亮的红色汽车实际上是死神发出的一次暗示。从我见到王珏的第一眼起,我们就双双被死神盯住了。但死神首先选择了她。为什么?!是因为她比我年轻还是因为她是个女性——难道死神也是好色之徒?抑或是因为我会下棋——伯格曼的《第七封印》里的那个骑士就是通过这种方式来摆脱死神的纠缠的。

我已经有很多次与死神失之交臂了。1993年秋天的一日,我从犁城飞往广州,另一架飞机从广州飞至桂林,我们几乎同一时间在万米高空遥遥相望,结果,死神的手抚摸了他们。关于那次空难,官方至今没有令人信服的解释,而恐惧的阴影像风一样在南方游荡。或许因为这个,我决意离开了南方,离开了那座伤心的岛屿。我成了一个逃亡者,但没有人会相信,在他们看来,我活得十分滋润,以至让某些人寝食不安。没有人知道,我是在逃避恐惧与死亡的追剿。突然的敲门、深夜的水滴以及大街上一个陌生的注视,都会让我心悸。在这几千个日日夜夜里,没有一天我不感觉到这种气息⋯⋯

2月26日那天晚上,被称作王珏的姑娘大概刚刚结束一宗愉快的生意谈判,便接到一个作家的电话。她从对方低沉的语气中就能感觉到,这个男人很寂寞。因此她临时取消了晚上的活动安排,决定与这个男人共进晚餐。她或许想以此了结这个男人对自己的非分之想,这种人她见得多了。于是她掉过车头,向西边驶去。那时正是城市的雨下得异常猛烈的时候,雨在沿路的霓虹灯的映照下变幻成红色,这是她所喜欢的,她或许觉得自己正处在幽雅的梦幻之中。她打开车内的音乐,那是肖斯塔科维奇的《第七交响乐》,她从这位伟大的作曲家的口叙传记中得知,这首著名的乐曲并非对希特勒入侵苏联的愤怒,而是另一种的控诉。或者说,这是对人性的最后的呻吟和呐喊。她喜欢这首曲子,为此她跑遍了整个京城的音像商店。

当乐曲进入一段行板时,她开始右拐,突然迎面遇上了一辆警车,她熟练地躲避过去,可是她没想到警车后面还拖着一辆违章停靠的面包车。刹车已完全来不及了,她的那辆红色小车便像响箭一样射进了警车与面包车之间,于是顷刻之间这辆车从里到外都红了……

此刻,我还站在这里。刚才的那个血腥的场面我不认为是幻想。如果我的推断没有错,对王珏的死,我是负有责任的。如果不是我那个不合时宜的电话,女人或许不会冒雨赶过来接我。她会走向东面而不是西方,那是另一条路,是生的路。上帝就这样无端地捉弄着我,竟让我无意之中扮演了一名刽子手!

人的生命竟是如此地脆弱。我又一次想起我的那位死于非命的姑娘。很多年前,在那个夏季行将结束的时候,她死在这条宽敞的路上。谁也不会相信在这样的路段上会发生一起惨剧,她被一

辆大车迎面撞死,她死得是那样的不明不白。关于这起车祸的原因,后来的解释一直是闪烁其词。现在,这张难以褪色的图画又再次被加深。但是人的记性是越来越差越来越健忘了。在刚刚结束的那个盛大的仪式上,没有人对我谈起这个刚刚死去的姑娘,好像她的死不过是无意中碰碎的一只玻璃器皿!是中国人的记性本来就差,还是觉得在这样热闹的场合去谈论一个微不足道的死者不合时宜大煞风景?

今夜,整个北京城都浸在雨中。我冒雨回到酒店,但是我丝毫没有被淋湿。我为什么不能走回来?抑或是这些年我被雨淋怕了,而从前我是不习惯打伞的。

雨越来越大。雨点洒在我窗口的凉棚上发出隆隆的声响,像笨重的机械履带,这声响在半夜发出竟是那样的栗然……

——1999年3月18日

男人在那个雨夜又一次进入到红色的梦魇中。与以往不同的是,这回他没有成为梦境的主角,而是一个袖手旁观者。他看见这片潮湿的红色像风中的一面大旗在飘舞着,在这个背景下,有很多肢体在舞蹈。那是一种具有原始意味且又接近疯狂的舞,散发出无与伦比的野性和灵性。男人看不见所有舞者的面目,他甚至都感觉不到这些舞者是否有头

发,但他认定舞者都是些女性,因为身体划出的线条呈现出惊人的流畅与美丽。可她们的头发哪里去了?也许是这点遗憾,男人后来对这个恢宏的场面慢慢起了厌倦。他想离开,但他的腿似乎一点力量都没有,他无法支配自己的意志与行动。最后,他咬紧牙关——他都能听见自己的牙齿剧烈摩擦发出的森森声响,终于迈开了步子。男人记得自己穿过了一条很长的走廊,这是一条用报纸糊成的走廊,地上散落着大量的书籍和眼镜的碎片。男人小心翼翼地走着,但还是一不留神地摔了一跤,他踩到

了一件滑腻腻的东西。男人拾起这件东西不禁大吃一惊——

这是一颗还在颤动的心脏。

男人便是在这样的恐惧中醒来。他意识到这是一个梦，但并没有因此而感到释然。他不想再睡下去了，现在时间大约是临近黄昏了，男人已睡了很久。从中午起他就躺在床上，他是有意这么做的。连日来的不祥之兆总让他惶惑不安，他害怕进入黑夜，更害怕被那个红色的梦魇所纠缠。他甚至设想从今以后过一种晨昏颠倒的日子，把夜晚的时间用来写作。但他不知道这一觉竟睡得如此之长，仿佛睡了半个世纪。梦中，他再次遭遇了那片红色。

他看着台历，今天是1999年的3月28日，他在北京又过了十多天。除了对一个叫作王珏的姑娘的悼念，男人的生活没有任何改变。王珏的死让他想到雨浓——这几十年来他一直把雨浓视作自己的初恋，她们都是意外地丧生，她们的死也都与一个男人有关。雨浓带走了遗憾而把思念留给了他，王珏却什么也没带走，也一样没给他留下。或者说，给他留下了巨大的空白。这是个无法填充的空间。他还想到了另一个陌生的女人的死，那是几年前他去南方时，在广州开往海口的轮船上，一个穿粉红色衣服姑娘的跳海殉情。这件事仿佛就发生在昨天，可奇怪的是，人们对死者都是那么的健忘。现在他回忆起来，王珏死的那几天，这个公司的人上上下下地都在忙碌着这个豪华酒店的开业筹备。如今酒店开业了，也仍没有人为那个曾经活跃的姑娘的缺席感到悲伤，连惋惜之词也没有。那个司机只是随口说了句王珏死了,就像说我感冒了那样轻松。他要急着去给汽车加油,好明天随老板出差去天津。这就是人生。他想,北京人的热情下面其实是一种近似冷酷的漠然。他记得在前年的冬天,他也在北京,当时住在南礼士路边上的一家招待所里,那一天正是他四十岁的生日,他没有告诉任何朋友,闲着无事,就关在屋里写了一篇叫作《对面》的小说。等他写完这个短篇已是翌日早晨的七点多,窗外正飞着这一年的初雪。他走出来,想在雪地里尽情地走上一段路。在这行走的一个多钟头里,他感觉他的对面全是冷漠的面孔。

现在,室内的暖气让他忘记了季节。男人疲惫不堪地坐到窗边的椅子上,随手拉开了窗帘——强烈的阳光刺得他睁不开眼睛。他觉得很奇怪,现在这时间的阳光本不该是如此强烈的。经过仔细辨认,才知道这是一种反射的效果,西边最后的阳光照在对面的玻璃幕上,正好反射到他的眼睛里。他感到自己是在一口深井里埋了很久,又突然叫人挖出了地面。也就是从这一天起,男人对阳光表现出了不可思议的畏惧。

在男人重新拉起窗帘,去卫生间小解时,他听见了楼下那个花园酒吧里传出了钢琴声。


最初,我认为钢琴声是从音响里传来的。那是《梦中的婚礼》中的主旋律。但很快我就明白这不过是一个生手的即兴乱弹,节奏和力度都露出明显的缺陷。然而我还是很愉快。我在这里前后累计已经住上一个多月了,除了看晚报和电视里那些乏味的节目,就没有更好的娱乐。这台琴当摆设也很久了,今天总算有人来弹它。可是,琴声很快就消逝了,好像刚才我听到的是幻觉。这倒使我有些好奇了,我想很快知道是谁弹了那琴。

等黄昏的余光暗淡之后,我走出来,走到酒吧里。华丽的灯光下,除了几个服务生在收拾顾客遗下的残酒剩茶,我没有发现别人。我似乎有了些失落感,就随便拖过一张椅子坐下。这些服务生早就与我熟识,也知道我是他们老板请来的客人,很快就给我上了一杯绿茶。这是刚买到的新茶,它的清香让我想起不久前在杭州的那几日。我的眼前便出现了肖航的身影,她的音容笑貌栩栩如生,好像刚才就坐在我的对面。但是她那件暗红色的风衣却令我不安,我知道这还是没有从另一个女人不幸阴影里走出的缘故。我喝了口茶,这茶的滋味远不及在杭州喝过的乌龙。突然停电了,整个酒店笼罩在一片黑暗之中。这是一种朦胧的黑暗,但它比真正的黑暗还要叫人心悸。我的眼前奔动着轮廓模糊的人影,嘈杂声仿佛自天边而来。我陷在惶惑的感觉中,思绪一下子变得很紊乱。我好像置身在童年时代的一个雨夜里,总觉得有很多人在我家的窗户下跑动着。

就在这样的时刻,有人把一盏蜡烛送到了我的跟前。

我的视线顺着这只好看的手向上,停在面前一张同样好看的脸上。我发现,我并不认识这个服务生,她的装束应该是属于总台的,我每天都要从那儿经过几趟,怎么会没注意到这个姑娘呢?

你是新来的吧?我这样问道,我以前没见过你。

我上班刚刚半个月。我知道你是304房的客人。

你也是重庆的?

对。我是来实习的。

实习?

我们学校一共来了五个。

实习多长时间呢?

三个月。

想家吗?

头几天有点,现在好了。

你叫什么名字?

沈芷平。草字头加个停止的止。

这像是个旧社会的名字。你别介意,我开个玩笑。

是我外公取的,他说芷是一位中药,又能开很香的白色的花。

你外公是位中医?

他不是中医,但他希望我出门在外身体健康。

所以就让你随身带着中药?

她笑了起来,露出了两颗小虎牙。在刚才的交谈中,我已经在烛光下把这个叫芷平的女孩子看清楚了。她有着可人的面貌和很好的身材。这身藏青色的西装她穿着很精神,显得挺拔,盘在脑后的发髻使她看上去像个小少妇。但她的年龄实际上也就二十出头吧。这时有人在喊她,她便礼貌地向我告辞,去了她的岗位。我注意着她的背影,那是个青春而又端庄的身影,每一步都散发出朝气蓬勃。我突然想到了已故二十三年的雨浓——她们的背影与行姿竟是那样的相像!与此同时我心里渐渐出现了一种前所未有的酸楚,我为自己的年龄和日益衰老的身心而感到沮丧。如果我减去了十岁,我这样想着,我会毫不迟疑地去追求这样的姑娘的。

  这是个心绪复杂的夜晚,已经很晚了,我依然无法入睡。有几次,我都想去大堂总台那边走走,去再和这个刚认识的姑娘聊聊天,可是又觉得这是个不可思议甚至大逆不道的念头。我差不多可以做她的父亲。似乎今夜我才知道,一个正在步入中年男人的地位竟然如此尴尬,滋味是如此不好受。

——1999 年 3 月 28 日

## 北京:1999年4月

在这个惆怅的春季,男人的意识一直很恍惚。在极短的时间里他先后认识了三个年轻的女性,但给他的感觉却仿佛是在打开一本老相册——照片上的一切都已发黄,他看得十分吃力。而且更加奇怪的是,他总是从她们三人的身上看出了过去的情人形象,譬如肖航的冷静让他想起韦青,王珏的开朗总带有小丹的色彩。王珏的死使他不能不和雨浓的遇难联系起来。而肖航的忧伤神情再次让他感受到和李佳相处的日子,可是他们做爱时的状态,又简直就是在犁城和林之冰或者在海口与桑晓光在一起的翻版。即使是在这个刚说过几句话的重庆姑娘身上,他也看见了邢蓉的影子……

我这是借眼前的现实在缅怀过去,他多次这么想,可是怀旧正是迈向

衰老的第一步。所以自这个春季开始时,沮丧与恐惧就一直追随着他。在过去的几天里,他还是无所事事地在屋里待着,不想写一个字。他也时常去大堂里转悠,在值班的女孩不忙的时候和她说上几句无关紧要的话。他知道自己的谈吐对这个姑娘很具吸引力,但同时他又为此举深感不安。你居然企图勾引一个完全可以做你女儿的姑娘?这种缺乏逻辑基础的谴责似乎很有力量,使他不敢往深处去想了。但是,青春的魅力是很难抗拒的,他对此显得信心不足。为什么就摆脱不了这种困境呢?是好色的天性驱使还是性饥渴的现实无望改变?他说服不了自己。他想,自己不是想千方百计地寻找一个性伴侣,这不难,为什么在这个沈芷平出现之前,他对别的女孩子的好感会适可而止呢?而这个看上去和其他人并无多大差别的姑娘,为什么第一次出现就那么强烈地抓住了自己?他还是回答不了。

这家酒店由于手续上的问题始终没有把房间的电话搞通。每次有电话来,他都要来大堂接。自从和沈芷平认识了,只要是她的班,凡他的电话来都由她来传唤。在这个小小的空隙里,他们可以说一会话。今天又有电话来了,是一个颇有名气的电影明星,他们曾经有过两次的合作。沈芷平就问,是演什么的那个人吗?他点点头,他说:你觉得这个人的戏怎么样?沈芷平说:他演得怎么样我不知道,但他演的片子我都不喜欢。他觉得这种回答很有趣,便接过话头说:你是说他没有遇上过一个好剧本?那么你看过《北纬20度》吗?沈芷平说:我听说过这部电视剧,没看过。他说:如果你想看,我可以把带子找来。

他希望沈芷平说愿意,可是她说:我得上班了。

他们就这样说着一起走往大堂。他走在后面,看着她的背影,他越发地觉得这背影具有无法抗拒的魅力。很多天以后他告诉她:我好像很难走出你的背影了。

这次的电话他似乎说了不短的时间。他尽量把话题展开,使自己作为编剧与导演的身份一览无遗。那时候沈芷平正在替一个客人结账,几乎就没再看他一眼。这又让他感到尴尬,所以一放下电话他就尽快回到了房间。他躺在床上,他在心里责骂自己:你他妈完了!你以为今天还有女孩吃这一套吗?你还有什么可卖的?

这一天他无比沮丧。他感到自己像一只松了箍的水桶,非但不可能再盛起水,而且本身就是个累赘。这样的时候,他便习惯走进过去,去检索自己这辈子和女性交往的历史。像一个溺水者抓住一根救命稻草一样,他努力回忆着那些早已逝去的却还是惊心动魄的细节。或者说,这仿佛一个癌病患者急需的一支减轻伤痛的吗啡。寂寞,在这个春天将去的季节像蜘蛛结网一样死死粘住了他。他动弹不得,也无力去挣破,但又不可思议地囿于其中细细地品尝着它的滋味。就像一只受伤的狼,在荒原上自己舔自己的伤口。

于是,他再次拨打了肖航的手机。意外的是,这回一下就通了。他问:肖航吗?

肖航却反问道:你今天怎么有空来电话了?

他说:我给你挂了很多,你总是关机干吗?

肖航说：我很少关机的。

这就怪了，他说，我确实是经常拨这个号的。

肖航笑着说：这说明我们之间没缘分。

他说：怎么说这种话？

肖航说：你过得还好吗？

他说：不好，很不好，简直糟透了。

肖航说：你其实身边什么也不缺，顶多就缺个女人吧？出去走走吧，北京那么大。

他说：你真希望我出去走一个回来？

肖航说：这不是我希望不希望的事，而是迟早的事。你放心去走吧，我不会吃醋的。

说着，女人在电话那端又笑了。这笑声很清脆，好像就在隔壁笑出的。

就这样喜忧参半地结束了。肖航的声音还是那么好听，可是她的手似乎放得也太快了，就像抓住一样，以致他弄不清该怎样来对待他们刚刚发生的那一幕。是艳遇还是算爱情？抑或是一场由艳遇转化的爱情？怎么看都可疑。不过他又觉得，女人的方式或许就是正确的。不放手又能怎样？难道还需要重复一次在海口的履历吗？时至今日，他还认为当初离开海口是一次致命的错误。他没有任何道理把桑晓光一个人扔在一个岛上。更何况那岛叫海南岛。他记得自己曾在一篇小说里这样说过：爱情是最脆弱的，可以向任何东西投降，譬如权力、金钱、时间、空间——他确实不敢再面对那种天各一方的日子了，他现在需要的是和一个女人朝夕相处,相厮相守,耳鬓厮磨。

肖航的电话实际上也说明了对他的放弃。或者说,是一次毫无顾忌的提示。这个仅有一夜之欢的女人却对他有着深刻的理解,难以理喻吗?但这就是现实。他的现实。他不能不佩服肖航的洞察力。正是这个原因,使他在后来的日子里无法将这个肖航遗忘在记忆之外,女人以虚无的方式至少是部分地占有了他。

那个时候,我总是不由自主地向自己发问:这就是我的生活?这生活什么时候是个头呢?肖航说得不错,我顶多就是身边缺少一个女人。她的意思是说我的其他方面都很得意了。然而她不知道,对于我这种男人,失去女人的岁月无疑就是空心岁月,失去女人就等于失去了我的全部。我不是急需找个女人睡上一觉,这在当今的中国,到哪都不是个问题。我可以充当一次或几次嫖客,可以用钱来解决性的苦恼。我要的不是这个。事实上,我在南方的几年里,也未曾有过类似的经历。我不愿和一个连名字都不知道的女人去睡觉。我需要找一个爱我的同时也被我爱的女人,而且不能再和这样的女人分手。我必须把自己的肉体与灵魂一起交给这个女人保管起来,使它们不再流浪。我珍惜这种一对一的恋爱。它的清洁会使我得到安慰。我要的就是这个。

但眼下的问题是,我身处首都的一个偏僻的角落里,缺乏社交的环境,我不想走出去,也没有什么合适的人走进来,生命就这么日复一日地消耗着。所以当我遇见沈芷平后,我的激情似乎一下给点燃了。这就是我明知难为而为之的原因。年龄的障碍似乎很难使我放弃对这个姑娘的追求了,可我还是不敢轻举妄动。毕竟这种追求从一开始就带有勾引的色彩,我觉得要是顺这条路走下去,就是到手了我也会后悔的。我真是有些焦虑了。

就在我处在这样的关口,一件意想不到的事打消了我的犹豫,从而也改变了事情的性质。

那是两天前的下午,大约在四点钟的样子,我正在房间里看书,忽然又停电了。等我拉开窗帘,才看到外面的天色正在迅速地变得阴暗,紧接着,大风裹挟着暴雨来了,一时间天昏地暗,形势令人发怵,似乎世界末日来临也不过如此吧。正不知该怎么办,这时就听见沈芷平在门外叫我:304赶快出来吧!

我立即开门:这是怎么了?

要地震,她紧张地说,你快些出来!

谁说要地震了?

他们都在说,都跑出去了!

不会的,我说,就是真的地震了,躲到厕所里就没事了。

你还是出来吧!

我突然轻松下来。我说:你是信他们还是信我?

她说:你这人怎么这么犟呀!

我说:你出去吧,我死了不怪你的。

她很生气地离开了。

天越来越暗,雨也越来越大,这场诡异的暴风雨前后持续了近一个小时,它让我想起几年前在海口遭遇的那场台风。对于北京这样的城市,这种惊心动魄的景观确实是罕见的。加上半年前张家口的地震事实,人们有这种联想也属自然。张家口地震发生时我恰巧在北京。我记得那是接近中午的时刻,我当时还躺在床上,突然感到身体在动,起先我以为是某个神经部位的痉挛,便有意识地绷紧身体,但还是有轻微的动弹,我这才意识到肯定是某个离北京很近的地方发生了地震。一小时后,中央电视台《新闻30分》节目证实了这一事实。我感到有点意外的是,北京人没有一点儿慌张。到了下午,这已是胡同里的谈资了。这种优秀的心理素质至少可以追溯到1976年,当唐山地震发生后,北京人有的不是一种恐惧,而是空前的劫后余生的幸福。北京人似乎从来就不知什么叫作恐惧。或许是他们经历过的恐惧太多了。然而,刚才那个来自重庆的姑娘知道,她和我都一样害怕这种突如其来的恐惧,有所不同的,是我同样也痴迷这种恐惧。我感觉中自己已被这种恐惧追逐了很多年。我甚至能体味到在子宫内部的那种血腥、那种黑暗、那种潮湿。尽管那是我母亲的子宫。我艰难地脱离了母体,接生婆那把生锈的大剪刀发出的狰狞的声音至今还在我的耳边萦绕。我的脐部至今还在隐隐作痛。当第一缕阳光向我的眼球刺来时,我的眼泪先于我的啼哭向世人证实了我的存在。我是不幸的种子,忧伤的化身,悲剧的梗概。

诡异的暴风雨过去了。它刺痛的是我那根原本就脆弱的恐惧神经。我走出了黑暗,走进了空气,外面的天空竟然是那样的晴朗,似乎刚才我亲历的那一幕只是个幻觉。我的耳边又开始充斥北京人那种流畅的表达。他们谈论着今夜的保龄球馆和桑拿浴室

是否正常营业,谈论着最近的一批坐台小姐相貌令人失望,谈论着怎样把某个环节打通摆平。他们唯独不想谈的就是刚才的恐惧。

他们闭口不谈。

由于暴风雨造成的停电,晚上餐厅没办法开伙。我想去亚运村吃顿麦当劳,顺便逛一下那儿的书店。我已经很久没有逛书店了。这些年的东奔西走,其中一个使我难受的事,是我看不见我自己的书房,这是我住标间不舒服的原因之一。

——1999 年 4 月 2 日

在这个综合书店里,给予文学的位置只有一个不足两平米的角落,但他并不感到悲哀。政府工作报告中关于文学艺术也就两句话吧?这个时代已经不属于文学,这是个制造权力、钞票、腐败、灾难与时尚的时代。多年前一个叫李佳的女人就曾经这样对他宣布:文学在这个时代已成为失败的行当,即使你有一天成功了,你也不过是一个失败中的英雄。她的话今天听起来真是高屋建瓴高瞻远瞩。他在这里看见了自己的两本书,一望便知都是侵权的盗版。这种事年年都有,也年年无奈。也就在此时,他看见了沈芷平。她在看一本关于流行音乐的小册子,手里还拿着台湾歌星张信哲的两盘歌带。他便走过去,轻声喊了她,但她还是吃了一惊,那目光似乎在怀疑他是在暗地里盯她的梢。

吃了吗,丫头?

没呢。我不饿。

那咱们去吃点?

我真的不饿。你是要我陪你吃吗?

没错。

那你再等我一会儿好吗?我想再看看。

好,我也看看。看到你有点饿的时候。

不过后来他们没有去麦当劳,而是去了附近的一家小馆子。当他们走进门时,时间正好过 20:00,那时他们就坐在这个位置。

他把菜单递给她:你点吧。

她就问:你能吃辣的吗?

他说可以。说完他就去找卫生间了。店员告诉他这里没有卫生间,店员说:过马路往左拐有公厕。

男人出门便感到一阵冷风袭过来。他抄紧了衣服,还是觉得有点儿冷。不过他现在的心情很不错。事实上,自那阵妖风怪雨袭击开始,他的心情就奇怪地转好了。虽然这个叫沈芷平的姑娘没有留在他的房间里,但此刻她又一次出现在了他的面前。

当男人回到小馆子时,菜差不多已经上齐了。青椒土豆丝、麻婆豆腐、干烧小黄鱼,很简单。于是男人说:太少了吧?

还有一个煲,沈芷平说,狗肉粉丝煲。

狗肉?

老板说他们这儿的狗肉挺好的。

我不吃狗肉。你最好也别吃。

可是……

老板,狗肉退了!

老板说已经做好了。男人就说:钱照算,给我换一道菜……

沈芷平说:别换了,就这样吧。我本来就不饿。

他感到坐在对面的姑娘很委屈,眼泪在眼眶里直打转,可他此刻不想作任何解释。他想自己刚才可能太冲动了,嗓门太响,让人下不了台。他担心这个沈芷平会离开,他想如果这姑娘真的生气走了,自己一定会很伤心的。男人觉得这个时候最好尽快跳出这个令人烦躁的空间,于是他提出把菜打包,带回住地吃。

沈芷平说:那会凉的。你就在这吃吧,我等你。

一个很宽容的姑娘,他想,但他还是说:我现在好像也不饿了。

然后他们便上了出租车,直接开到了酒店的门厅前。电还是没有修好。酒店里的客人差不多都出去吃饭了,只有几位当值的服务生在微弱的烛光里走动着。没有人注意他们从一辆车上下来,他的担心显得多余。他把手中的饭菜移交给沈芷平,意思很明显,就是不希望她很快走开。他在大堂里点了一支蜡烛,慢悠悠地走回到自己房间的门口。他看见烛光下的沈芷平比平时要端庄一些,而且,这个姑娘的年龄似乎一下子长了五岁。

进门之后,他首先放稳蜡烛,再来脱去身上的夹克,他感到有点儿热了。

沈芷平从后面帮他脱了。

一个女人的影子便在这个瞬间自他心里重现了。这是韦青。这是1983年秋天的那个韦青。他记得在水市的那些日子里,每回去看韦青,进门之后她都要从后面帮他脱下那件米色的风衣。那是个风衣和伤感一并流行的年代。他记得那件风衣,记得那件风衣曾经铺在水市机关暗室的地上,记得那件风衣带给他们的折磨。

这个晚上该不会发生什么事吧?他居然这样地想了。

烛光下的姑娘此刻很沉静。过了会儿,姑娘才说:你性子怎么这么急呢?

不等他回答,她接着又说:你一急,我就觉得你没素质。

他心里挫了一下,还没有女人这么当面说过自己呢,这个小女人却一针见血,说得他一点脾气没有。他坐到靠窗的椅子上,正好被她投下的阴影所覆盖。沈芷平说:人家好心给你点狗肉,想让你暖和点,可你……

她说不下去了,背过身不想理他。过了会,他才低声说了句:你想知道我为什么不吃狗肉吗?

沈芷平转过身来,不知所措地看着他。

他点上烟,还是用比较低沉的声音说:我在农村插队时养过一只狗,叫副官,养了两年,结果让一个上海杂种半夜给煮了。

沈芷平惊讶地站了起来。

他说:后来我给它画过一张像……我至今还保存着。

她说:在这吗?

他摇摇头:在石镇,我故乡的家里。

她说:下次能带给我看看吗?

他说:过几天我可以画给你看。它在我的脑子里。

这时候,电来了。灯亮的那一瞬,他看见面前的沈芷平已是两眼晶莹。

# 北京:1999年4月

昨天电来的时候我突然感到有些饿了。带回的饭菜已经变凉,沈芷平便拿到她的宿舍里,想用电炉帮我热一下。她让我趁这会儿工夫先洗个澡,她说:半小时以后我再过来。半小时够吗?我说我洗澡很快的,你不是说我是个急性子吗?

她笑了笑,似乎有些腼腆。我喜欢这种腼腆,这些年我从女人脸上看够了妩媚、温柔、风骚或者矜持,唯独没有见到的就是这种自然流露而出的腼腆。它像一根保险丝一样,接通了我沉积在心底层的那种古典情怀。事实上,来电的那一刻,我的内心已经被这个叫沈芷平的重庆姑娘点亮了。

浸在浴缸里,我感到浑身的细胞在发生着裂变,不断的流水从我的身体上滚过,产生出惬意的快慰。然而一回想起这个春天的经历,又不免有些伤感了。王珏的死和肖航的来去无踪像两块沉重的石头压在我心上。人生的荒谬与生命的脆弱立体地呈现在我的眼前,我曾经几乎被击垮过去。我相信我是一个彻底的悲观主义者。我的流浪实际上是逃亡,这种生活开始于1992年的那个春天。我从长江的边上逃到了南中国海的岸边,后来又去了黄河的腹地。现在,我蛰居在中国首都的一个标准间里,那些曾经蹚过的大河如今都集中到了这只精致的浴缸里,成为一潭死水。我已经

不再是我,我可能就是我的一个标本,我身边的水可能就是那种叫作福尔马林的药液……

这便是我还活着的现状。激情与冒险似乎已经远离了我。但是我一点也不感到遗憾。过去的那几年仿佛一场噩梦,虽然至今还在追逐着我,但毕竟是醒了。这种劫后余生使我体会到亡命的艰难。我想我怎么也不会再重蹈覆辙了,就像一个人不可能在一条河里淹死两次。我需要一只梯子,让我从这潭死水里爬起来。

抹去镜面上的雾气开始剃须。镜子里的那个男人此刻的表情很是古怪,镇静中渗露出一丝慌乱,这个晚上其实还没有开始,还没有到说再见的时候。但是我的等待在这一刻突然变得十分焦急。我甚至担心她不会再来了,她可以让别人把热好的饭菜送进这间屋子。果然就是如此。我刚走出洗澡间,就听见有人按响了门铃,是三楼的保安。先生,他说,饭菜给您热好了。我向他道了谢,但是我又说:我现在没有胃口,麻烦你帮我把这些处理一下,再给我买几袋方便面。

我承认我很失望。时间已临近九点,无所事事的我唯一的着落就是回到床上,去看那些和我一样无聊的电视节目。刚才我还是衣冠楚楚的样子,现在又弄乱了。电视里在播一部老电视剧,说的是知青插队那阵子的事儿。片子无疑是老了,可那种气息还是感染了我。时间已经过去了二十几年,那时的我才十七岁,而沈芷平还储存在她父亲的体内。我们是名副其实的两代人。正是这种障碍使我踌躇不定,裹足不前,可我却还在等待,等待一个腼腆的姑娘时常在我眼前出现。这会使我得到安慰,使我的身心重新活跃起来。然而即使这样,我也回不到十七岁了,那个生命刚刚勃起的阶段。

门铃又响了,我想是保安给我送方便面来,便去开门,但进来的是沈芷平。她也刚刚洗过澡,头发上的水珠还没有揩干,她换了一套粉红色的运动装,显得光彩照人。在她手里,拿着一只塑料袋,里面装着方便面和苹果。

你去给我买了?我这样问道。

现在吃吗?她回头看我:我还买了包鱼泉榨菜,是我们家乡产的,味道很好。

今天晚上我怎么老给你添麻烦?

你这人是不太好伺候,她说,一边替我泡方便面:你别生气,我随便说说的。

你穿粉红色很好看。

宝气吗?

什么叫宝气?

就是土气。我们那里叫宝气。

不宝气。

说着我就靠到了床上,注视着她的背影。她的动作十分灵巧。等她做好一切,我对她说:你坐过来吧,我得看着你说话。我指了指床沿。我惊讶的是自己说这些话时居然如此果断,一点也不犹豫,而且,带有命令的口气。

她转过身在原地看着我,直到我又一次拍了拍床,才腼腆地走过来。她知道这样走过来意味着什么,但她还是到达了指定的位置,慢慢坐下来,然后我就拿起了她的右手。

你的手很好看。

你以前对别的女人都这么说吗?

我生命中的女人,手都非常地美丽……

你想给我看手相?

不,我只想这么握着它……这样的手应该去弹琴。

我弹过,可是弹不好……要不我就不出来了。

你们实习多长时间?

半年,已经过去两个月了。

就是说,再过几个月就得回重庆了?

对。

想过不回去吗？

其实我不愿意回去的……回去没意思。可是留在北京又能干什么呢？从前,我只想着怎样去做一个好女人。现在连这种念头都没有了,觉得做什么都没意思……

是呀,人人都感到没意思……

然后,我们拥抱了。我已经下了决心,今晚必须把她留住。

——1999 年 4 月 4 日

和以往任何一次不同的是,这个晚上后来发生的一切都显得平静而熟悉。他们似乎是在等待这个结果,或者说,这个结果完全是意料之中的。很多天后,他们谈起这个晚上时语气中除了一点好奇之外,就没有更多的感慨了。他有些困惑,于是便把这种感受坦率地告诉沈芷平,他说:我觉得心跳都没有加快。而且,我也没感觉到你的紧张。沈芷平便笑了,说:我总觉得我们已经认识很多年了。

这或许是真的,他想。仔细回忆起来,那个晚上他们肉体接触的每一个步骤都是那么地从容不迫。甚至可以说,来自肉体的默契早已到达。当他紧紧搂住她的腰部时,感觉就像搂住了一床柔软的锦被,自己身体的每一个部位都被置放得非常舒服。然而做爱的高潮却是在沉默中得以完成的——这使他暗暗吃惊,因为它和预期的指标有所距离。

还有一个细节不可思议。当他准备进入她的身体内部时,他竟问道:你是处女吗?如果是,我就不想要你了。女人没有回答,其实是回答了。在这个世纪行将结束之际,一个二十二岁的女人本身就是回答。

以后的几天里都是这样。他倒觉得,占有这个女人远不及欣赏她来得愉快。他尤其喜欢的就是她身上的那种仿佛与生俱来的腼腆。可是,占有一个女人从来都是以性为标志的,性的不完美也就意味着,即使你能够主宰这个女人的全部也不表明是一次胜利。或者就是失败。

外面的天又开始下雨了。这是1999年北京的春末,细雨绵绵似乎暗示着这一场风花雪月只是一次幻影,显得毫不真实。这样的时刻,男人就会想到生命中的另外两个女人:李佳和桑晓光。几年前和李佳的离异让他时常为他们之间性生活的障碍所懊恼。在他看来,男女之间倘若在这方面出现问题,前景便很暗淡了。男人的关系是不能靠观念来维系的。性是纽带。和谐的性生活便是性爱,便是一对男女无法离开的真正理由。也许是唯一的理由。所以尽管他和桑晓光最后已经是接近反目成仇了,但是,他还是无法忽视她。两年前他去海口拍摄电视剧《北纬20度》,当最后一个镜头结束之后,他的视野里便只剩下了一把红伞……

他记得自己当时是那样冲动地向红伞下的那个女人走去的。他们在伞下有过一段很长的对话。她说她新买了房子。她说她几乎把所有的旧东西都给扔了,只留下了一件。他说我知道,那是一张席梦思,他说那上面留着我们从前的汗味。

那个晚上后来男人就去看了桑晓光的新房子,一切在意料之中,这个女人总会把她的寓所收拾得既体面又豪华。屋子里盛满了怀旧的鲜花,但是那张曾经被他拥有的席梦思却被放置在一个灯光清冷的角落。男人走近它,用手抚摸着它冰凉的表面,然后回到宽敞的客厅里与从前的女人说话。谈话的内容却是关于海南前途,男人建议说:你最好换一个地方,别守着这个房子,虽然它很漂亮。女人更多的是在倾听。墙上的那面时钟在静悄悄地走动着,很快便走过了深夜三点。再后来,男人就离开了。在他迈出房门的那个瞬间,来自心尖上的一阵颤痛使他差点想转过身来,与此同时,他能感到脊背上正爬行着两行女人的眼泪。那个晚上,男人感觉仿佛是从一场大梦中走出来,其步态完全是跌跌撞撞。几个月后,在犁城一个停电的雨夜,男人就着一根蜡烛,写出了自己有生以来的第一首诗——

钢琴在三更头上开始敲打

曲目不清

这个时间还坐在沙发上

表明

今夜我怎么看都像

一个客人

现在,男人在床上把这些告诉沈芷平时,语气已经显得相当地平淡了。可是女人却听得很专注,好像还受到了一些感染。这些天来,男人对她说得最多的就是李佳和桑晓光,他说:一个男人爱过一个女人其实是难以磨灭的。某种意义上,遗忘她们就等于撕毁了自己这部历史中最为珍贵的几页。

她说:是因为"男人的一半是女人"?

他说:不是一半,是全部。

她微笑着看着他,又问道:那么,我应该是你的第几页呢?

他犹豫了一下,说:我希望是最后一页。

她便从他身边坐起来,说:你一下午的话都好坦率,就这一句虚伪。

他也坐起来,想辩解,但她打断了他:你别怕我伤心,也许过不了多久,我也会成你的客人了。

这一刻我的尴尬竟被惊讶抑制住了。我想不到这位不过二十二岁的女人如此坦白。她面带微笑地揭穿了我,却不使我躲避她的目光。我很快便轻松起来,同时我又有一点担心,她是否还有别的男人?我就问:你以前和几个男人好过?她却反问:你们男人是不是很在乎这个?这倒叫我脸红了,就掩饰说:

我随便问问。

接下来我又问她,对我们年龄上的差异怎么看?

她说:事情都这样了,还能怎么看呢?

我说:你可以就此撒手的。我不会缠着你,那样没意思对不对?

她说:你别觉得我是认为你很了不起才和你这样。我不是。

我说:你的意思是不是说,换一个人你也照样?

她犹豫了片刻,说:只要我觉得人好。那天若不是你说了你的狗,我也许……对不起,我不是故意藐视你,我真就是这么想的。

我说:你是对的。

她有些紧张了,坐到我腿上说:你生气了?你别生气,你笑起来很年轻的。

我便笑了笑：只要你认为我还年轻就好。我应该年轻才对。

我们就这样闲聊了一下午。再过一会，她该去接班了。这个班将从下午四点上到晚上十二点，然后，她会再回到这里。通常的情况下，我利用这段时间来进行写作。这部电视剧其实早已完成，但我不想过早地拿出去。投资方资金的周转看来是出现了问题，他们会这么拖下去。我想这也好，反正现在我不着急了。因此我决定来写一部小说，不过写什么我始终还没有想好。

沈芷平在卫生间梳头化妆。我喜欢她把头发挽成髻的样子，她穿上制服就显得端庄，很好看。每次她上班前，我都要整理一下她的花领结，再拥抱她，送她出门，一直看着她走下楼梯。她的背影总是非常动人。而在那个瞬间，我又开始渴望与她回到床上了，尽管我们离开那张床只有半小时。这是一种奇异的感觉，是一种富有戏剧性的结构倒置，一种情感状态的逆行或悖反——床的魅力从一开始就出现了，然而紧接着便是丧失，等离开床了却又迅速培养出了新的冲动，再次构成对床的向往。在这个过程中，床的位置重要又似乎不重要，它是起点，也是终点，却难以成为情感的支点。

我关上门。外面逐渐响亮的雨声使我无法振作起来，我便又回到床上。被窝里还留有她的体温和气味，我便很自然地沉浸到刚才做爱的回忆中。她是乖巧的，在这个方面从来不提出任何要求。无论我怎么做，她都是顺从。但是我却不感到满足，因为我体会不到她作为女人的愉快与欢乐。我向往的是一种男人与女人的战争,是棋逢对手的那种较量,而现在,我差不多是在和一名战俘交手。我为我们不在一个段位上感到沮丧。从前那种你死我活的状态已经失踪了多年……

大约在晚饭前,我接到了一个陌生男人的电话。这个人自称是杭州张毅的朋友,来北京办事。他说:要是方便的话,我们一起谈谈。我们便约好在亚运村附近的一家茶楼见面。去的路上我有了一种不祥的预感,联想到我离开杭州的那个黄昏,张毅没有去送我,之后也没有解释的电话追到犁城,我就觉得事情有些不妙。可这么多天过去了,这件事便也淡忘,如果我现在去见的是张毅本人那该有多好。

很快我就到了。远远看见一个男子从南窗的台子边站起来,觉得面熟,马上便记起我和这个人是在"金萨克"见过的。他是张毅的一个小兄弟,姓童,大家叫他童经理。

张毅怎么样了?我见面就这样问道:这家伙好久不跟我联系了。

他无法和你联系,童经理说,他进去了。

进去了?什么时候?

就在你上回离开杭州的前一天。

怎么回事?

童经理说,还是和过去海口的那些事有关。张毅是做金融的,负责给公司引资,那几年他从杭州弄过去不少钱,结果其中一笔回不来了。

这与他有什么关系呢?他不过是个中介者,不是当事人。我说:除非他从中拿了好处,他会这么傻吗?

童经理说:查了一个多月了,什么也没查出来,人却不放。

这是违法的,我气愤地说,刑事拘留最长的时间只能是十五天。

童经理说对方办得很巧妙,他们没有让张毅进监狱,而是把他软禁在一个乡间废弃的水泥厂内。那是一幢破旧的五层楼,上面只住着张毅,下面有人把守。

这和私设公堂有什么两样?

所以我这次来北京就是想找找人,童经理说,看来不找人是不行的。

得申诉!我说。

不能申诉,童经理说,你知道在中国办事,很多是不好搬上台面的,那会把事情搞复杂。

我沉默了。我突然想到几年前我和冯维明的纠纷,最终选择的也是法律之外的一条路。很多次,我都在作这样的设想:倘若当初执意要和冯维明对簿公堂,后果会怎样?他或许也会"进去",但真正失去自由的却不是他,而是我。一只无形的手会伸到铁窗之外来控制我,我的身后便会永远拖着一条看不见的、却是十分恐怖的阴影。

张毅至今还被关押在那幢寥无人迹的破楼上。对方振振有辞地解释:这不是监狱。他们的话固然不错,却给了我另外的启示——监狱并不意味着高墙铁窗,也并不意味着镣铐哨兵,监狱就是一张网,甚至会是一张无形的网,只要剥夺你的尊严和自由,就不算有辱其使命了。

——1999年4月11日

  第二天,他又去见了那位童经理。他给张毅写了一封长信,并捎去了新近出版的一套小说集。这些作品是他自三年前恢复写作以来的收获,其中的一些篇章是关于海南的。张毅很爱读他的小说,他希望自己的这些书能陪伴这位好朋友度过最困难的时光。但他却无力为他"找人"。他对童经理说:事情有了转机,务必及时给我一个电话。童经理说:会有转机的,会有的。这话听起来倒像是在安慰他似的。

  张毅的境遇再次唤醒了那个驱之不散的梦魇。中午,这个恶魔便迅速地上了身。情形和以前大致一样,还是呼吸感到艰难,还是四肢不能动弹,意识还是清醒的,所不同的是,他不再慌乱了,他开始了搏斗。他把残余的力气凝聚到脚踝,仿佛在等候一个时机蹬踏而出——如同跃出泥沼。他能感到双脚在紧张地战栗着,然后,他成功了。等他坐直身体时,沈芷平正好进门,见状便立刻走近,扶着他的肩膀:怎么了?

  他呼出一口长气:鬼压胸。

  什么?

  他喝了口水说:我们家乡把这种梦魇叫作鬼压胸。

  沈芷平说:是不是手压住胸口了?

  他摇摇头:我的手放得好好的,像被捆着似的。

沈芷平说:你应该去看看医生才是。

他还是摇摇头,叹道:医生是治不好噩梦的。它跟随我很多年了,会一直跟我到棺材里。它不会放过我的。

沈芷平很难过地看着他,把茶杯递到他手上。他握着她的手,反过来安慰她,他说:没事的,它整不死我。

女人还是流泪了。女人轻声问道：你是不是太紧张了？我觉得你好像很累，要不要我陪你出去走走？我是说我们可以离开北京一段日子。

他笑笑：班不上了？

她说：这没事，反正实习也快结束了。我可以请假。

可是去哪呢？

去哪都行。

去你家怎么样？他看着她，然后解释说：我送你回重庆，站在对面的街上看你进门，或者在你家的附近租一套房住下来？

你别吓我，她说，我父亲要是知道会打死我的。他只比你大八岁。

他搂着她说：你看，我们都成了无家可归的人了。

她说：我们可以自己建一个家的。

你是说嫁给我？

这没关系，我只要和你在一起就好。

这个时候他们都想到了做爱。于是男人就准备脱衣服，但女人制止了他，女人说她不喜欢这么一本正经的，况且自己还在班上。她说：别太像结婚了。

人人都向往偷情，连这个小女人也不例外。是因为偷情来得刺激吗？他心里这么想着，觉得很开心。他们接吻。与此同时他的手从女人制服里伸进去，去探那对不太丰满却很结实的小乳房。他使劲握住它们。女人在他的身下，仿佛昏昏欲睡，她的手好像是第一次主动来抚摩男人的下体，显得小心翼翼，然后开始抬高自己的腿。男人把这条修长的腿扛在肩上,审视着女人那个越发晶莹的部位,动作略带粗野地进入了。很快他就听见了女人的呻吟,这呻吟十分微弱,像蚊子的呼喊,却给男人带来了极大的欢乐。他们从床上滚到地毯上的那一刻,男人临近了高潮,他迫不及待地想从女人身体里退出来,但是,他的腰部已被女人的双手牢牢箍死。男人叫道:放开,不能在里面的!

女人没有放开。女人似乎早有准备,决定来一次背叛。

风暴过去了,他们还在地毯上躺着。

男人责备道:你怎么这么任性呢?要是怀孕了怎么办?

女人说:打掉就是。

男人说:废话,这很伤人的。

女人说:我总觉得我这辈子都不会怀上的。其实,我真想跟你要一个小孩。

这句话让男人颇感意外。密实的窗帘遮蔽了窗外所有的阳光,这个空间就永远是晚上。夜晚应该属于普天下相爱的男女,他们也不例外。但是,这毕竟是个虚伪的夜晚——在后来的日子里,男人常常这么想着,却不知道为什么。

## 石镇:1999年4月

那个晚上——当真正的夜晚来临后,我和沈芷平有过一次长谈。还是延续着几小时前她关于想要一个孩子的话题。我很诧异,像她这样的年纪怎么就渴望去做一个母亲?她本人还是一个孩子,最早的独生子女。她的父母都是生意人,家中的经济状况殷实,有一栋带庭院的三层小楼。显然,父母是不希望这个女儿日后落在外面的。他们肯定要等一个女婿上门。我问过沈芷平,她说她之所以出来,就是想逃避父亲看中的一个男人,那个人也是做生意的,是一个建材公司的老板,为人倒还忠厚。可是我不喜欢他,沈芷平说,我也不想早早把自己打发掉。

可是,我这么问她,你又说想要一个孩子?

我是觉得……我自己很失败,她有些沉重地说,我没有一件梦想成真的事,哪怕是一个很小的梦想。

比如?

她靠到我身上,把一只手伸到眼前,说:那天你说我的手好看是吗?我自己也觉得好看。你说这样的手应该去弹琴,是的,这就是我的愿望,很小的时候我就想将来去学音乐,学键盘,弹拨也行。我向我父亲要一架钢琴,他不同意,他说太贵了——那时我们家还不富裕,而且,我父母经常吵架,闹离婚,他没有心思顾及我的要求。后来还是我舅舅给我买了一把电子琴,是国产的,但可以弹。我就跟我的一位老师学,不到半年,我就能弹得很好了。有一天,老师去了我家,对我父亲说我学琴有天赋,他希望父亲能给我买架钢琴,因为电子琴弹久了会耽误事的,指法改不过来。可我父亲说小孩子不就是个玩吗?弹琴毕竟是不能当饭吃的。老师只好说,那太可惜了。后来父亲对我说,我可以给你买钢琴,但是你能保证将来考上音乐学院吗?我心里发虚,却还是点头了。父亲说那好,明天我就给你买,你得给我先写一份保证书。

　　怎么会这样呢?我插言道,即使算是父母给儿女的投资,那也是不计回报的呀!

　　可我的父亲就是这样。沈芷平接着说:从钢琴买回来的那一天起,我就感到我不是在弹这架琴,而是在拼命地扛着它。那一年我才十五岁,比现在还瘦,我能扛得住吗?可是一想到父亲把多年积蓄的一万多块掏出来,一想到他和工人们一起把琴弄进家,流了那么多的汗,我的压力就更大了。父亲是爱我的,但是不理解我,我记不得我们一家三口可有过在一起开开心心的日子,好像没有。结果,我让父亲失望了,没有考上音乐学院,连音乐学校也没有考取。第三次考过,父亲没有收到录取通知书,却收到了我的一位中学同学写来的情书——像往常一样,只要是我的信件,他可以不经我同意就拆——一下就发火了,说我欺骗他,把同学的信和那张保证书都撕碎了,再扔到了我脸上——我记得那是 1996 年的 8 月 14 日,三天后,就是我十八岁的生日……那一天,我想到了死……

十八岁的沈芷平最初想去投嘉陵江,那是一个微雨天气的后半夜,山城重庆正处在沉睡之中,这个身材单薄的姑娘给父母留下了绝笔,信中再三向她的父亲道歉,她只提出了一个要求,就是希望父母不要离婚。她似乎是很镇静地写完了这封信,然后就悄然出门了。她从一条小巷穿过,便直奔朝天门码头。街上看不见行人,只有少量的出租车从她身边驶过,每一辆车与她接近时都会自动减速。最后,有人对她说话了,问她要不要乘车。她说不要。但是那辆车还是停下了。司机说:上来吧,我捎你一阵,不要钱。她谢了司机,却还是走自己的路,也许她觉得这是生命最后的一段路了,需要亲自把它走完。她的镇静与肃穆引起了那位好心司机的关注,这之后便一直减速与她同行。司机说:姑娘,我不是坏人,你要是有什么心事,上车来和我谈谈吧,我女儿差不多和你一般大。

那真是一位好大叔,沈芷平现在这么感叹道,看着他那副担心的样子,我就觉得很抱歉,但我没有对他说出自己的心事,我只说我没考上学,心里头很闷,想到江边坐坐。谁知道他竟责备我,说,孩子,这可是你不懂事了。这么晚了,一个姑娘家出门,你父母能放心吗?来,我送你回家!

我一下就哭了,沈芷平说,我伤心地想,我怎么就没遇见这样一位好父亲呢?这就是我要和你好的原因,这就是我想要个孩子的原因,我会把我全部的爱和梦想都给这个孩子。我自己可能不是个好孩子,但是我有信心去做一个好母亲,称职的母亲,你信吗?

我说我信。我相信沈芷平对我说的一切都是真实的,并为此感到难过。某种意义上,她可能就是把我当成一位父亲来爱的,这种复杂的爱从一开始就形成了,所以我们相处这些天里,她的温顺远远超过了任性。这不是她的天性,不是的,她只是企图从我这儿找回自己一生中丢失的那份情感。从我领会到这层意思起,我便预感到我会进入到一个无法克服的矛盾之中,而且极有可能最终要令她失望,因为这辈子我是决计不想再要第二个孩子了。我的孩子在犁城。

晚上,我接到父亲的电话,说外祖母最近一些日子身体状况不太好,问我能否抽空回石镇一趟。父亲说北京现在有了直达水市的火车,但那是趟慢车。

——1999 年 4 月 20 日

由北京开出的那趟火车在经过十八小时的行驶后,于这天的下午抵达了水市。男人刚走出站,就听见了小丹的呼喊。感觉中小丹好像没怎么变化,只是头发焗成了微红,使她看上去并不像一个四十出头的女人。出发前,他给小丹去了电话。小丹说:转到这边来你就想到我了?平时一点声音也没有。他说我给你挂过几次电话,都没有人接,我说的是实话。小丹问:还是一个人吗?他说还是。小丹说:算了,我看你还是回犁城和李佳复婚吧,两碗剩菜倒在锅里一起热热。他说:我还不至于饿成那样。小丹说:我知道,你这家伙身边少不了女人的,但是你总不能一辈子这么漂着吧?

自从 1984 年秋天离开水市,这十五年里男人和这座江北小城的交往屈指可数。城市的变化到处可见,但是无论怎么变,其小气的格局是早已定型了的。要是当年不离开水市会是怎样的情形呢?他想不出,或者说他根本就没有去想,这座城市之于他更多的是一种回忆的需要,是一次次伤感的缅怀……

小丹毕竟是小丹,一个能揣摩他心思的女人。她指挥出租车从一条老街通过,雨浓的家就在这条街上,但是如今这里已经没有人住了。雨浓的父亲一年前随儿子移民去了加拿大的温哥华,雨浓则陪伴着母亲安睡在公墓里。雨浓要是活着,今年四十四岁。他想不出这样年纪的雨浓是什么样子,于是他就对小丹说:雨浓走了二十四年,却为我们永远留下了一个二十岁的倩影。小丹说:回头我们去雨浓坟上看看吧。

夕阳下的墓园有一种特殊的静谧,周围的林子正是苍翠欲滴的时节。清明过了,但是那种湿润的气息还弥漫在这片天空下。有几只黑色的小鸟无声地从他们头顶上飞过,他们坐在雨浓面前,从前的事仿佛发生在昨天,时间流逝得真是太快了。

小丹说:雨浓要是能留下一个孩子就好了,我会帮她带大。

他说:我也这么想过……

小丹说:你是想做那个孩子的爸爸吧?

他说:为什么不呢?

小丹说:你想过我们之间有孩子吗?

他说:没有,我总把你看成是一家人。还记得吗,那一次我来水市住在你家,忘了带牙刷,你就让我用了你的。

小丹说:哪一次? 我怎么不记得?

他说:很久了。那时候雨浓还活着……但是我没想过,我们会有孩子。

小丹说:我是想过的。其实插队那阵子,知青偷偷生孩子的多的是。

他说:真要是那样,一切都会是另一个样子了。

小丹说:那我们会离婚吗?

他说:这得看我们怎么过了,反正两个人厮守一辈子都不容易。

小丹就叹道:要是男人都是女人的牙刷多好! 牙刷是不给别人用的。

他说:可我还是用了你的。男人有男人的毛病,没办法。

小丹说:什么没办法?把你撵回山里,看你能折腾几天!

他说:不撵回山里,也折腾不了几天了,你不觉得我很老了吗?

小丹说:别在我面前装老。

他说:我看你倒过得挺滋润的。

什么话?小丹把手伸给他说:你看,我这手那还叫女人的手呀,都皱成这样了。

他握着小丹的手,然后告诉她,自己想连夜赶回石镇去,等外婆的病情稳定了,再回水市安心住上几日。

其实我离开石镇才三个月。春节的时候我在家中住了一周,然后就接到了北京的通知。今年的春节家中特别冷清,小妹因在上海加紧补习外语,准备参加今年的"托福"考试,没有回来。家中只剩下我陪三位老人过年。年初一,二妹从洛杉矶打来电话,说现在她的状况有所改观,想让父母今年过去住些日子。母亲说暂时还不行。她担心年迈的外婆在这期间万一有个三长两短的会赶不回来。我就说:你们还是抓紧时间出去看看吧,等手续办好了,我就回来照顾外婆。母亲说你正在做事的阶段,哪能成天守着一个老人呢?我们的交谈让外婆听见了,于是老人便发出了感叹:都是我连累你们了,我死了,这个家就太平了。养人有什么用?大了,翅膀硬了,个个都像鸟一样地飞走了,连个窝也不要了!

这个春节就这么过去了。

外婆上个月跌了一跤,行动开始变得迟缓。父亲在电话里没有说清楚,现在我知道了,就很有些生气。我责备父亲:她这个年岁是经不起这么跌的!父亲沉默着,他的表情显示出一种忍受。他本人也是古稀之年,这几年外婆的性格越发古怪,以至于平时他们三人之间很少有交流。他们每天的生活除了一日三餐就是守着一台电视机。遇到败胃口的节目,三个人便陷在三张沙发里打着呼噜。父亲曾经计划写回忆录,后来这念头又被打消了,取而代之的是和几位老友玩麻将,如今县里抓赌正盛,也只好偃旗息鼓了。想想,他们的时间还真是不好打发。实际上父亲的电话是个借口,他们很希望我能在石镇每年多住些日子。这样看来,我还是需要在犁城买一套房子,早点把父母搬过去,以便照顾他们。以前我总有回来的考虑,现在想想似乎不现实,县城一旦搬迁,石镇就更加冷清了。我想这次就与他们谈谈。钱不是问题,况且目下房地产业不景气,到处都可以办银行按揭。

晚上,等外婆睡下后,我把自己的想法对父母说了。

母亲有些犹豫,说这件事还是等等,毕竟外婆年事已高,说走也就走了。母亲的意思是要等到把外婆送上山那天,在老家罐子窑还有祖坟。

父亲插言道:外婆现在说不在乎火葬了。

我说:这不行。必须土葬,把她和外祖父葬在一起,再合立一块碑。这项费用全部由我来出,我要把老人热热闹闹地送上山。

我又说这件事与举家搬迁不矛盾,外婆真到了那一天,雇一辆车就是。

母亲说:就怕老人故土难离呀。

我说：你们也是老人了，趁着现在外婆还能动弹，还是搬吧。

母亲说：其实，我在这地方真是住得厌倦了，一辈子都扔在这里。我是又想你常回来，又不想你在家门口露脸——那有什么出息呢？水才往低处流呢。

父亲说：那还不如移民去 America 算了。美国的政策是，直系亲属有多少移多少。

母亲说：移过去不行。美国再好，那也是别人的国家，住久了不自在。再说，儿子总不会永远不结婚吧？

我说：我的事你们就别操心了。我先得把你们安顿好，再把女儿送出去，就是说，近五年里我不会考虑这个问题，反正一个人也习惯了。这几年还是抓紧做点事吧。

时间已临近子夜，我借口买烟，骑着父亲那辆旧自行车出门了。今晚的月亮很好，我便踏着这皎洁的月华去了琴河的堤上。

这条河总能勾起我很多的回忆。但此刻,回忆已经随风而去,我看到的是离我并不遥远的未来。今天晚上与父母的交谈,与其说是在安排他们,倒不如说是在清理我自己。人这一生想起来其实很简单。如果把它分成四份,那么前四分之一的日子,是由大人对你负责;这之后的两份,是你对与你相关的一切负责;最后的一份是你余下不多的时光,需要你对自己来负责了,这便是你的残生。那时,你的父母已经离开了人世,你的儿女也将独立前行,你的伴侣或许已经与你分手,从那时起你的阳光便失踪了,唯有黄昏与你相伴。孤寂像一张大网笼罩着你,而你已无力突围。没有人会注意那个每天出门买一份晚报的老头,没有人会在下雨时递给你一把伞,没有人会想起这个老人也曾经有过辉煌。谁能记得?谁可相依?

也许,我会在一个雨夜接到一个问候的电话。也许,我会在一个码头上看见来接我的人。也许,在我七十岁或者八十岁那天,有人会给我点上一屋子的蜡烛。也许,在我弥留之际会有人坐到我的床沿……

这都是我的女人!我还滞留在她们的记忆里,如同她们永远活在我的心中。

——1999年4月23日

石镇的早晨是明丽的。4月的风吹绿了树木,吹蓝了天空,

也吹皱了他的心情。在这几天里,他每天都要骑车去那几条老街上转悠。当他打定主意要搬迁后,他突然对这个自清代康熙年间就已成规模的老镇产生了眷恋。他拍下了很多照片。

这种街头茶座让他感到亲切。这条街叫丁字街,从他开始记事的时候起,这儿就是个茶水炉子。他在这儿不知冲过多少次开水。那时的热水瓶外壳是竹篾做的。每天上小学他都要经过这里。有一天,他发现茶水炉的老板娘生了一个漂亮的小妹妹。那时他还没有妹妹,他觉得躺在摇篮里的这个一头黑发的小女婴挺好玩,就爱坐在边上摇她,以至于忘了上学。老板娘说:你不上学吗?他居然撒谎了,说:我们老师生病了。就这样他逃了三天学。到了第四天,老板娘把他母亲叫来了,于是他拔腿就跑。很奇怪,他一走,摇篮里的女婴便哭个不停……

有人在身后叫他。

他并不认识这个比自己明显要年轻的男子。那人喊他老师,接着递上名片,是县图书馆的馆长,姓刘。

听说您回来了,刘馆长说,正想登门拜访呢。

都是一个地方人,别这么客气了,他说,有什么事就在这儿谈吧。

于是他们就坐下了,要上了一壶茶。送茶上来的还是那位老板娘,却已是满头灰发之人。她当然不知道,现在喝她茶的是从前帮她摇孩子的那个小学生。

刘馆长说:我们想搞一个本籍文化名人的陈列室,主要就是您了,所以想得到一份您的手稿,不知道您是否愿意。

他说:我可以送一份。

刘馆长说:那太谢谢了。可是我们的经费您知道……

他说:我是赠送。

刘馆长说:我们可以给一个证书。

他说:证书也别给了。我要证书干吗呢?等我回到犁城,就给你们寄吧。

与这位年轻的图书馆馆长分手后,男人的心情陡然沉重起来。是呀,都有人来张罗自己的手稿了。他的手稿是比较齐全的,至少有三百万字吧,何必只送一份呢?这些东西女儿未必能看得上,女儿要继承的充其量也就是他的著作权。按现行的法律,这份权益会延续到他死后的五十年。那么他的手稿、藏书、日记这些东西都会束之高阁,或者付之一炬。如果还有人愿意要,那就通通地捐出去,捐给家乡,捐给母校,捐给朋友……

真需要一份遗嘱了。

这时候男人便想到了沈芷平。昨天夜里他们通了电话,女人问:你外婆的情况怎么样?他说:神志还很清楚,就是行动不太利索。女人说:那就请个保姆吧,免得把你父母也拖累了,他们也都是老人了。他说:谢谢你,你想得比我还周到。

后来他又说,自己还准备回犁城看看女儿,这样估计再折回北京,应该是5月的中旬了。

话说到这里,沈芷平犹豫了一下。她说:你忙吧,我这里都好。马上就做实习鉴定了。

其实女人是想说,等你再回来,我也该走了。

他一下感到很失落,说:你一定要等我回来,知道吗?

女人说:我会等的。

## 犁城:1999年5月

几天前的晚上,大约十点钟的光景,看电视的外婆突然变得不能动弹。我把她抱到床上,父亲立刻骑车去医院喊医生。在这前后十多分钟里,老人的神智已不清楚。等我把她靠到床上,她才慢慢缓过劲来。她对我说:要是现在死就好了,趁你在我身边。我说:你不会死的。老人说:人都要死,我现在什么都不怕了。

俗话说:七十三,八十四,阎王不请自己去。外婆今年八十四,即使离开人世,也是寿终正寝。这个我心理上早有准备。我惊讶的是,老人的"什么都不怕"。老人对活着似乎已没有多大的兴趣。她的女儿已不再是从前舞台上那个亮丽的当家花旦了,坐在她的对面,差不多就是她过去一起在太阳底下纳鞋底聊天的街坊。她的外孙和外孙女都已离她远行,即使仓促地见上一面,她也无法找回往昔孩子们对她的依赖。她甚至能感觉到,孩子们给她的礼物只是一种敷衍。她总是抱怨:你们也不肯和我说说话。也许,人到了这个年岁,活着真是一种负担?医生诊断,外婆是因为受凉而引起肠道不适,而且胆囊也有些问题。我却认为老人的病在于心。那天夜里医生走后,我和父母又在一起商量。1976年老人在水市的白内障切除手术看来不能算成功。我的意思是,能否去犁城再做一次?母亲说:算了,她这个年纪,身体的承受力有限。父亲也说没有把握。我说:老人要是眼睛看得清楚,心里也就亮堂了。母亲说:等秋天再说吧。

这样我在石镇又住了几日,等外婆的体质有所恢复,于今天的傍晚回到了犁城。

时间已经进入5月,这座城市却还处在冬眠。暮色中,城市的面目呈现出一种怪异的陌生感,很难相信这就是我曾经生活过十五年的地方。如同卡夫卡笔下的那个K走不进城堡,我也走不进这座城市,这种感受现在越来越强烈了。在这个城市,我是一个多余的人。十年前,我调到文联的时候,没有一个具体的单位愿意接收我。我的档案被塞在一只陈旧的铁皮柜里。就这样,我被"挂"了两年。我是在这种情况下决定去南方的。那是1992年的4月5日,清明节,犁城的洛川机场上空一片阴霾,似乎带有某种祭奠的

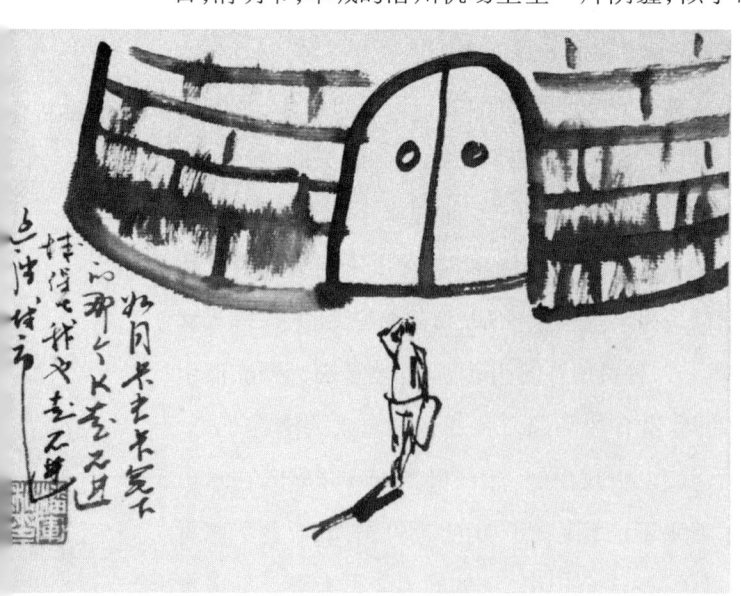

意味。但飞机还是照常起飞了。当飞机穿过厚厚的云层时,我清楚地意识到:这真是一块耻辱的天空!

现在,我又回到了它的底下。城市在

冬眠,而我的心却已休克。春天过去了。春天在这座城市没有留下一点痕迹就过去了。长途汽车在进入主要街道的那个十字路口停了下来,司机说:只能到这了,前面走不通。旅客们便嚷嚷:再往前开点儿不行吗? 司机不解释,自己先下了车。我有些意外,等下了车才知道,前面的路已经被一些下岗工人用自行车给堵住了。以前在电话里曾经听李佳说过类似情形,今天倒是亲眼所见了。我在路边站了一会,想拦一辆出租车,结果等了很久,根本就看不见一辆出租车的影子。后来听一位老工人说,今天出租车司机集体罢工了,以抗议市政的收费规定。这位老师傅看上去很和蔼,我就问:这到底是为什么? 整个交通瘫痪了还叫城市吗? 老师傅看了我一眼,说:人总得吃饭吧? 人要口饭吃,这要求不过分吧? 五十年下来,厂子倒了,工人的饭碗砸了,每月一百来块钱还一时兑现不了,怎么活? 上上下下的都说为人民谋幸福,其实下面的人民不要幸福,只要活着。

我有些激动地递给他一支烟,可他没接。这时候,街上的灯火已经陆续地亮了,最初的时刻,这些灯光给我的感觉很潮湿。没有出租车,城市一下子变得空洞而萧疏,脚下的路也越发地沉重起来。我茫然走在街上,口渴得很,就在路边的小摊子上买了瓶冰镇的矿泉水。一口下去,感觉像吞进了一把刀子,直抵我的胃。临近"红门",天色已经彻底地黑下。门前那对写着"欢庆五一"的大红灯笼,经过风吹雨淋,显得十分憔悴,在它下面,是站哨的卫兵。与以往不同的是,今天的卫兵是持枪上岗的。我讨厌枪。我讨厌全世界的枪。

李佳和女儿不在家,可能是上她父母那边去了。家里收拾得很干净。我近期的一些期刊信件整齐地放在写字台上,边上还有李佳留给我的一张条子,其中有这样的话——

我们去玩了,如果没有吃,冰箱里有方便面。信是你女儿拆的。

我不饿,倒是觉得有些累了,于是先洗了澡,再躺到床上。我想该给小丹一个电话才是。电话是小丹的儿子接的,问我:你是谁?我说我是你妈妈的朋友。那孩子便喊:妈,又是找你的。过了会儿,才听见小丹懒洋洋的声音:谁呀?

我说是我,我到了犁城。

小丹的口气就变了:我还以为是我们单位的那个家伙呢。

我说:你又招谁了?

小丹说:我能招谁?别以为我是你。

我说:我怎么了?

小丹说:不是说好回水市过几天吗?怎么又走了?

我说:犁城这边还有点事情要处理。

小丹说:你别骗我。你小子是怕……算了,不和你说了。安心当别人的牙刷吧,我不嫉妒。

说着,我们都笑了起来。这种气氛让我高兴,让我感到轻松。我想再过二十年,等我们都是名副其实的老人了,聚到一起谈天说地,搓上几圈麻将,那日子也是很诱人的。人这一生说简单也真简单,最后也就剩下几个莫逆知交。

月亮很迟才于天空显现出来,给我亲切,一种十分遥远的亲切。似乎到今天我才明白,这月亮和人的思念确实有着关系。

——1999 年 5 月 6 日

李佳和女儿回来时他已经睡下了。朦胧中他听见开门的声响,脚步在他床前显得迟疑。可是他实在睁不开眼睛,疲惫此时已变成寒夜里的一件裘皮大衣,紧紧地包裹住他的身体,化为温暖。这张简陋的床铺却总能给他安适的睡眠,不过也常常是无梦的睡眠。

这一觉男人睡得很踏实,直到今天早上,还是李佳的一个电话把他唤醒的。李佳说:睡得好吗?他说:很好。李佳说:那今天开始就由你做饭了。他说:当然。他说:昨天夜里我已经制订好一周的菜谱了。李佳说:你这次就住一周吗?他说:北京的事情还悬在那儿,我得盯着。李佳说:是得盯着,别都让人掏走了,你总得给你女儿留点吧?

她只担心我把钱财给了别的女人,他这么想着,即使我已经沦为乞丐,她也免不去这种担心。

起床,然后去菜市买菜。阳光很好,但菜市上散发出的臭海鲜气味特别难闻。在南边前后待了三年,对生猛海鲜男人一直就是敬而远之。那个桑晓光是喜欢吃这些东西的。李佳似乎也是。而且奇怪的是,两个女人的吃相都十分相像。可他不行。

不仅不行,反倒为此闹出不少笑话。一只螃蟹会整得他非常尴尬,第一次吃鱼翅差点以为是粉丝,倒是石斑鱼很对他的胃口。在吃的问题上,女儿的喜好与他是惊人的一致,譬如粉蒸肉、鸡蛋羹、清蒸鱼,譬如红烧排骨、爆炒腰花、火腿冬瓜。从前李佳总是埋怨说,这些东西营养价值有问题,胆固醇还高。她主张多吃鱼虾和鸡。他说,这就是我们的不同了,我吃的是胃口,你吃的是营养。他想人真是很怪,没有缘分两个人不仅睡不到一块,而且也吃不到一块,这日子过起来就难了。有人说夫妻的过程就是不断的适应过程。很多人就这么彼此适应了一辈子。他们却适应不了,所以中道而别就在所难免。时间过得很快,男人想,转眼间和李佳分手已经四年了。这四年里他们除了不在一张床上睡觉,不在一只钱包里花钱,其他方面似乎看不出什么变化。或者说,变化没有表现在客观上。他们也没有那种相敬如宾的客套,看上去一切都十分自然。该埋怨的李佳依然埋怨,该指责的李佳照样指责。这倒也好。

和以往一样,对久违的厨房男人还是抱有极大的兴趣的。他喜欢烹饪,这些年云游四方,每到一处,只要发现特色的菜肴,他都会记下来,带回犁城学着做给李佳和女儿尝尝。于是从广州带回来了咸鱼茄子煲,从海口带回了清蒸石斑鱼,从长沙带回了剁椒鱼头,从郑州带回了鲤鱼过黄河,从济南带回了鱼子炒蛋——这些菜肴居然都和鱼相关。这种感觉非常奇妙,仿佛证明了他的才能,树立了形象。有时候他不禁暗自发笑:自己写了三百万字的小说没有得到李佳和女儿的一点重视,剽学几道菜肴却赢来了无限夸奖。他想我的前世一定是个壮志未酬的厨子,我实在不该投一个作家胎。

我也是一尾鱼,他想。

所以我离不开水,他又想。

庄子说:子非鱼,安知鱼之乐?

庄子忘记说:鱼意味着大江长河,也意味着刀俎油锅。

客厅里的电话响了。男人关掉灶火,去接电话。对方是一个陌生的女声,问李佳在吗。他说李佳上班去了,你呼她吧。对方稍有停顿,小心地问道:你是不是……

他说我是她女儿的父亲。

对方就说她是李佳的同学,说:我们同一个寝室,你还记得吗?那时候你经常来我们学校呢。

是呀,他说,都二十年过去了。

对方说:你们是不是复婚了?

没有,他说,不过我们一直相处得很好。

对方说:李佳在我们面前可从来没有说过你的坏话。

她不会的,他说,这个我很清楚。

对方说:你们还是应该好好一起谈谈。

他说:我们一直在谈着,谢谢。

电话结束,他坐到沙发上抽烟,怎么也记不起对方是谁。李佳的寝室倒是历历在目,她是下铺,帐子里还挂着一张山口百惠的年历画,这或许是她本人与山口长得有点像。李佳喜欢用格子的床单,枕头边上总是堆着许多文学书:陀思妥耶夫斯基和海明威的小说,惠特曼和叶赛宁的诗歌,还有他最初的习作手稿。他还记得李佳的一面小镜子,椭圆形的,粉红色的塑料边框,背面镶嵌着她十八岁时的照片……

那时候李佳真是漂亮。从那张照片上你根本不会想到她是近视。那是一种冷静的美,冷静得近乎凄凉。

电话又响了。他感觉应该是李佳,果然就是。

李佳说:中午我有一个应酬,不回来吃了。

这一天里电话很多,最后一个电话是北京的一家出版社来的。是约稿。他们计划要出一套关于作家人生经历的书,一本散文随笔集。按照要求,还需要选出几十幅照片穿插其中,所谓图文并茂吧。文章是现成的,只需要做一次挑选即可。照片却要费些工夫才能翻检出来。我幼时的那些照片差不多都在"文革"抄家中散失了。唯一的一张,还是由我父亲保存下来。那是我平生第一次照相,摄于1958年的春天,我半岁。直到上大学之后,准确地说是在和李佳恋爱之后,照片才慢慢开始多起来。记得我们第一次照相是在1980年的秋天,刚开学不久吧。一个并不晴朗的星期日,我借了一台"海鸥120",和李佳来到犁城的郊外。

我们当时就置身在这样的环境里,以天空和自然作为恋爱的背景。那是我们第一次的合影,也是我们恋爱生活中难得的一个亮点。现在,当我重新面对这些"老照片"时,心情还是相当复杂。那份青春的年月对于我们,说不清是留恋还是淡忘,说不清是刻骨铭心还是不堪回首。但总之,它逝去了,是伤逝而去。

女儿和我的交流日渐少了,她的时间挤得满满的,课余便把自己锁在小屋子里看卡通漫画,要不就是趴在新添的电脑上。对她而言,父母只需提供她后勤保障和经济援助就足够了。我想起遗嘱的事,突然觉得自己很荒唐,因为这个女儿似乎并不需要什么继承的著作权。我的财产充其量也就是写下的那几十本书而已,她留着只是个念想,她甚至都没有时间把它们看上一遍。

中午吃饭时,我对孩子说,你把最近的作文拿给我看看吧。她说没什么好看的,都是命题的东西。

那就把你自己写的挑几篇给我看看吧,我说,如果你愿意的话。

她似乎有些勉强,但还是去拿了两篇周记送到我面前,她说:别改。

爸爸只是看看而已,我说,看过了我们可以交流一下。

然后她就走了。下午没课,她要和她的几个小姐妹一道去逛电脑市场。

女儿的周记一篇叫作《雨中的感觉》,另一篇叫《拒绝长大》。在这一篇里,她这样写道——

我每天洗脸的时候,就怀疑镜子里的这张脸是否属于我。是的,我感觉到我在渐渐长大,但是这种感觉却不能使我愉快,相反,它比自然的灾害还令我恐慌。想起我们小时候,是多么地无忧无虑,可以做自己喜欢做的任何事情。再看看周围的大人,又是多么地叫人失望——常常因为一点私欲利益而钩心斗角,活得一点也不真实。所以,我就在心里默默向上帝祷告:既然您赐我生命,就让我按照自己的意愿活一回吧。

女儿大了,人生的烦恼伴随着她的身心一并在生长。女儿所说的"周围的大人",首先包括的应该是她的父母。

晚上,我意外地接到了中奇公司老板的电话,他告诉我电视剧的项目现在可以正式启动了,希望我早点回去。我说一周后就走。我想我得给女儿多做几顿饭才是。然后我立即通知了沈芷平。我告诉她,一周后最好把班调一下,别做夜班了。

她在电话里腼腆地笑着,她说:304我一直替你留着。

我说:干吗这样呢?住哪间不都一样?

她说:不一样。304是属于我们的。

她停顿了一下,接着说:我每天都要进去看看,你的烟味还在,那时候我就觉得,你离我不远,就站在我的身后。

——1999年5月7日

## 北京:1999 年 5 月

　　位于北京城东南的角楼初建于明英宗正统四年亦即公元1439 年。连年的战乱烽火,使这座美丽的城楼遍体鳞伤,遂进行了多次修缮。其中,以清乾隆年间的那一次最为出色。1900 年,八国联军侵入北京时,这座楼是前沿阵地,所以直到今天,你还可以从它伟岸的身躯上看得见累累弹痕。这是历史的见证。
　　这座城楼现在就在男人的视野之中。他离开了吃住三月之久最终一事无成的那个冠华酒店,在这座城楼的边上租了一套房子。

几天前,男人在犁城接到沈芷平的电话,说她无意中听见老板谈电视剧的事,好像他们不想干了。因为老板说,既然赚不到钱,那何必要投资呢？等他赶回北京见到这个自称是热爱艺术的老板时,他才知道事情的真相。原来计划收购片子的那家电视台的节目部负责人,在他回石镇的时候,和自己当会计的情妇携巨款外逃巴西,国际刑警中国总部已经发出了红色通缉令了。买主没了,制作方自然也就随机应变。

没有办法,老板说,我们只好调整方案。

他就问,经过调整的方案又是什么呢？

老板便像第一次见面时那样重新抖落开,说他们打算搞一部百集的大型电视室内剧,北京的影视圈行话叫"情景喜剧"。老板说:还是请你做编剧,我们可以一步步地来。

那么这一次呢？他打断说:我写的五个剧本的稿费是否应该先结清？

老板的表情便一下僵滞了。过了片刻,老板才留下一句话:我们研究研究。

他感到很愤怒。这种事已经是遇见多次了。下海经商那阵子,欠他钱的主,不是永远躲着不照面,就是照面耍无赖,其结果是,他不仅追不回一分款,还要倒贴盘缠。而他欠别人的钱,包括他的朋友、情人、前妻,却一分不少地给足了。他倒没觉得自己有多么高尚,只是他无法使自己无赖。做《北纬20度》时似乎也是这样的,一切都谈好了,一旦封镜,投资人的脸就变了,要把后期的价格大大降低。投资人大概以为,这是他执导的第一部电视剧吧,以为"自己的孩子自己疼"。但是他予以拒绝了。当时他说:电视剧是个破东西,除了能帮我挣几个钱还有什么?我怎么可能在这上面建功立业呢?太小瞧我了吧?于是他就断然放弃了后期工作。这一回却在前期便卡了壳。他想"研究"的结果无非是赖掉几个钱吧,这也就是老板急着召回他的原因。什么启动?看来也只能是再次自认倒霉了。在钱的问题上,他总是显得那么笨拙,一点天赋也没有。可是像他这种人居然还在商场上滚过好几年,真是不可思议。

他想又该到走人的时候了。不过这回走,他不会走出北京城的。当天下午,他给所有在北京的朋友都打了电话,希望他们帮他找一间可以安身的房子。事情很顺利,有位朋友正准备去美国当为期两年的访问学者,房子空了出来而且设备齐全,租金也说得过去。联系好这些,他的心情有所好转,然后便着手收拾东西。这时,沈芷平来了。

他把自己的安排对女人说了,他说:这地方不能再待下去了,结完账就走。

女人问:他们会给你结吗?

他说:结是肯定会结的,只是我要吃些亏了。要是他们不结,那就由他们养着我打官司吧。

女人说:算了,宁可吃亏也别打官司。

男人说:不过我还是要感谢这家公司的。没有这档事,我们怎么能见面呢?

女人说:别的没什么,我就是有点舍不得这间304……

男人把女人抱到腿上,他看见女人的眼睛湿润了。男人突然心尖发出了一阵颤动,他意识到,腿上的这个女人很快就要离他而去了。而这一去,便意味着他们之间远隔千山万水,甚至也许就是此生难以回还!

此刻,我站在窗前眺望着那座角楼。这个古老的建筑物提醒我身在北京。我对这座城市没有什么特别的好感,她太大了,大得让你总有失去方位的感觉。但是,离开城市宾馆酒店的标准房间,仍不失为一件值得庆贺的事情。即使是住在租借的房子里,也会慢慢找到一种归宿的感觉。更何况,我身边还有沈芷平。

昨天,我和那家公司把账结了。起先,老板希望我能接手搞那个"大型情景喜剧",他没有想到我会一口拒绝。

我说:这东西我搞不了。

老板说:怎么会呢?这种幽默的东西不是更好弄吗?

我说:这不是幽默,是搞笑。

老板说:对,搞笑,现在老百姓不就是喜欢搞笑吗?你们写什么不是一样地赚钱?

我说:有些钱我是不愿意去赚的。

老板说:你们这些文人还是忒清高了。

我说:文人其实一点也不清高,但他们有权进行最普通的选择,就是什么该要,什么不该要。

等到了结账的时候,忽然一个电话把老板唤走了。老板说钱已经由出纳从银行提出来了,具体的手续由会计来办。这么绕了几道弯子,最后的结果是我损失了一半钱,二十万。不过,原先写出的剧本,老板也不打算再要了。我不想再就此说什么,还是早点离开的好。会计说:老板吩咐晚上一起吃饭。

我笑了笑,未置可否。事情弄到这步田地,还吃什么饭呢?

当天晚上我就住进了朋友的这间屋。朋友在美国的西雅图要住上两年,我给他的房钱是每月一千五,其他费用自理。我更换了所有的床上用品,便感到像是自己的床了。因为我觉得,在别人的床上,是做不出自己的梦的。但是朋友是个单身,屋子里只有一张窄床。朋友解释说,因为一直筹划着出国,就尽量省了开支。其实这个人一般都是睡到别的女人大床上去的。我想我得抽空去买一张大床才是。

原来计划,明天去接沈芷平过来看看。但是外面的天一黑,我就感到特别寂寞,就有了一种没有着落的感觉,其中夹杂着很幼稚的凄惶,好像一个走失街头的小孩子。于是我就给她去了电话,我说这边一切都安排好了,晚上能过来吗?她正当值,要到十二点才能交班。她犹豫了片刻,说:等会儿我给你去电话吧。

我踏实了,我知道今夜她会来我这边。但是时间越过了十二点,电话还是没有响。怎么回事呢?难道她改变主意了?我又给那边去了电话,对方一个女声说,沈芷平已经下班了。那么我想,她或许出门了吧?她应该来个电话通知我才是。她答应过的。我已经很久不这么焦虑了,我害怕这种发生于深夜时分的焦虑,它总让我产生不祥之感。尽管每年的夏季来临北京的治安都会抓得很紧,但晚报上这几天还是在报道各式各样的命案。我后悔不该打那个电话,我不知道是继续守着电话还是尽快去那边看看。我该把手机留在她身边,以便随时与她联络。怎么就没想起来呢?

好在这时电话响了,她的气息似乎能传递过来。没等她开口,我就说:你在哪儿?

她有些喘息,说:在你对面的街上,那个电话亭边。你下来接我吧。

我立即跑下楼去,越过街道,看见她站在路边的一棵梧桐树下,身旁放着一只皮箱和一只旅行袋。显然她是搬过来了。这情形让我想起了另一个女人,那也是来自西南的女人,就是邢蓉。在蓟州的那个晚上铭刻在我心里,而今夜无疑就是往昔的重现……

你搬过来了,真好……

我想还是搬过来。

那边的工作呢?

不干了,反正实习鉴定我拿到手了……我从304偷了一件东西。你猜猜?

我哪能猜得出呢?

是烟缸。我喜欢这个烟缸,你的专用。

——1999年5月15日

从这个位置看过去,你会大致清楚当时他们一起生活的场景。男人每天的工作还是写作,就坐在那张台子面前。他已经答应一个书商,把电脑里这部一直没有写完的长篇小说写出来。

那时候女人会一声不响地操持着家务,或者戴着耳机听张信哲的情歌。等他一段写完,他会主动去找女人说话。他们交谈着今天的活动和明天的安排。有时,他们会突然想起做爱,然后一起洗澡。这种突发其来的性生活会使女人获得很好的感觉,她总是问:为什么人们习惯晚上做爱呢?

笔记本电脑里储存着这部没有写完的长篇小说,内容还是关于南方的。这部日记体的小说开始于去年的冬季,第一人称的叙事方式一直为他所喜爱,然而因为电视剧的事耽搁至今。现在重新拾起来,还是能唤起一种类似空谷回音的亲切感。那是一段难以忘怀的生活。他记得博尔赫斯说过这样的话:回忆和遗忘都是艺术。他甚至觉得把自己对南方的感受写出来是不可推卸的责任。至于男人和桑晓光的故事,却没有引进。但这个故事的若干片断他曾不止一次地对现在身边的女人说起过,后者听得总是那么认真,丝毫没有醋意,反倒有一回这么说过:你们分手很可惜。女人说:你们当时就想不出更好的办法吗?

男人说:没有办法。其实我们之间最大的敌人还不是情感上的,是空间。你知道吗,相爱的人是不能分开的。

话说到这里,女人便沉默了。

男人意识到自己的话触击到了女人最敏感的那根神经。时间在慢慢地过去,已经是5月下旬了,再过十几天女人的实习生活行将结束,她会重新回到她熟悉的山城去。她会在一家四星级的酒店服务。最初,他们也会经常通通电话,但是这种电话必定会越来越少,以至有一天彻底中断。这就是前景?相比之下,还是那个叫肖航的女人头脑清楚,春风一度便无影无踪。那是个一心要去美国的女人。美国就那么好?这不,美国人的导弹刚刚扔到了我们驻南联盟使馆的头上了,那是孙子才干得出的缺德事。然而不管怎么说,一想起这个叫肖航的女人,男人心里还是有些不是滋味。在他看来,男女的事不该这么简单,简单到了无可附加的地步。在后来的日子里,那件暗红色的风衣时常出现在男人的梦境边缘,若隐若现。

现在,身边的这个女人也很快要走了。也许会有那么一天,男人出差飞到重庆,住进那家酒店,接待他的会是这个沈芷平吗?她会提前留出304房间吗?即使这样,这个女人还会像现在这样依偎在他怀抱里吗?那时她早嫁人了,有孩子了,每天下班的时候会有一个比他年轻很多的英俊男子,骑着摩托来接她回家……

他想,自己手头的活得先停下来。女人很快要走,应该利用这段时间多陪她出去玩玩。毕竟这是北京呀。这个位置离天坛很近,明天就去天坛吧。带着相机,给她拍些照片。于是,他把这安排对沈芷平说了,女人却显得犹豫。女人说:还是待在屋里吧,这段时间外面查得很厉害。

他说:查什么呢?我们又不是黑户,更不是通缉的罪犯。

她说:要是查你的暂住证怎么办?

他说:没有,我不是暂住,是常住。

他想没准我今年内就会在北京买下一套房子扎下来。户口?现在钱就是户口。但是这个城市的空气太差了,有碍于人的健康。

第二天,一件本来无关紧要的事,却在他们之间引起了不小的烦恼。男人从街上买胶卷回来,看见沈芷平在写信,便随口问了句:给谁写信呀?

沈芷平有点不自在,说:过去的一个同学。

他说:如今写信的可不多了,是男同学吧?

沈芷平说是。沈芷平说就是以前给她写信的那个男同学。

他躺到床上说:你们一直在通信是吗?

沈芷平说:断了小半年了。昨天我去冠华拿东西,刚收到……你要看吗?

他说:我怎么可以看呢?这对人家也太不尊重了。我只是觉得……

觉得什么?我没有别的意思。

那你最好过几天再回信。这么快就回,人家会怎么想?

那让人家久等就好吗?

男人一下坐起来说:那你回吧!用特快专递发!

他看见对面的女人表情想哭,意识到自己做得不好。他想我这是怎么了?我有必要这么醋意冲天吗?这个女人不是你的一件东西,况且她以前就有过男人,并不是你想的那么单纯——这个时代找不到单纯。

他走近女人,说:等你写好信,我们去天坛好了。

女人把写了一半的信撕了。然后她跑进了卫生间,关上门。男人有些沮丧,想女人这会儿又该认为他没素质了。过了一会,他对里面说了句:你没事吧?

女人回答说:我在化妆。

天坛公园并不是北京城最抢眼的旅游景点。除了外省的游客,当地土著很少光顾,只有一些玩鸟、唱京剧、耍拳脚的老人,一簇一簇的,使这个从前皇帝祈年的地方看上去像个疗养院。他倒是很喜欢这个幽雅的环境。眼前这些参天古柏和历史建筑树立在蓝天白云的背景下,有一种豁然开朗的感觉。北京的天空出现这样的蔚蓝色,在今天怎么看都是个奇迹。男人的心情现在得到了好转,刚才的那点不愉快过去了,似乎连日来的劳顿与焦灼也一扫而空。他想如果在这个环境里支起画架作一天的风景写生,应该是件十分惬意的事。男人把这个想法告诉女人,男人说:最好用水彩。水彩是一种半透明的颜料。女人说:那你就用水彩吧。

可是,男人说,你干吗呢?那不是把你晾住了吗?

女人说:没关系,我可以在边上陪你。

男人说:要是你在边上弹琴,该多好!

昨天从天坛回来,一路上我想了很多。自古以来,所谓文化人的前途无非是入仕与归隐,所谓达则兼济天下,穷则独善其身。仕途我是历来拒绝的,但我也从未想到过归隐。我曾多次想过叶落归根,这与归隐有着本质上的不同。前者不过是一种自然的法则,后者则是对现实的无奈做出的选择。历史上的归隐无非两种,其一是暂时屈服后的退让与妥协,是一种失败之后的韬光养晦,以期

有朝一日东山再起,重现江湖。其二是人生的一种彻悟,以求隐匿山林精舍,采菊东篱。但之于我而言,似乎这两者都不是。我是逃避。我要逃避的不是城市的喧嚣,也不是自己应尽的责任,而是那种无形的恐惧阴影的追逐……

这样的地方我已向往久矣!还是在大学的时候,我第一次读到梭罗的《瓦尔登湖》,那种与大自然相依为命的生活便吸引住了我,于是我心目中的"瓦尔登湖"就形成了。这是我记忆中似曾相识的图景,它已经在我的心里塑造了三十年。每天,我可以在山间小道上散步,可以在水边写生,可以在林中阅读,可以去老街找街坊交谈,可以和我的女人一道去观光赏景,泛舟垂钓……

这困难吗?对我来说并不。只是时机未到,我需要等待。我要等到把女儿送出国去,还要等到把父母送上山去,就是说,这一天实际上已不可能到来了,因为那个时候我也是日薄西山,到了耄耋之年。

幻想有时候是一种借口。在今天,这种古典情怀的向往却很难抵御时尚的冲击。这是一个被超量的资讯、迅捷的传媒所包围的时代。这是一个金钱、美女、股票、炒作、明星欲、政治掮客、公众人物、电视嘉宾、贪污受贿、腐败堕落、暴力犯罪相映成趣的时代。谁能逃得过这张大网?甚至很多人不是还处心积虑地往这张网里钻吗?我能例外?譬如说此刻的我为什么要来北京呢?这地方好吗?威廉·福克纳一辈子待在他的家乡约克纳帕法,那个密西西比州的乡间小镇,那个他自认为只有"邮票那么大的故乡本土",但他在有限的空间里达到了时间的无限。而我们这些人则相反。我突然感到自己这些年的路完全走错了……

我深知在北京这个地方是写不好字的。眼下我不过是为了一个女人留在这座城市，同样，那个女人也为了我而没有回家。我们在干什么？是企图建立一个自己的伊甸园还是在幻想中欣赏乌托邦？我们是两只离群的鸟意外地落在了一棵树上。但是我感觉在这棵树上难以建筑我们的巢穴。这是一种悖谬的现象。我为了一个女人留在北京，却总觉得是临时搭伴。这显而易见的事实还是令我困惑。

昨天夜里,我有了梦。我梦见了两尾红色的金鱼,它们在水中游动着,与现实不同的是,由于它们的活动,周围的清水开始转为一片混沌的红色。而且越来越红,好像这红色的液体是从它们身体内流泻而出的,它们仿佛颜料做成的鱼。

——1999 年 5 月 22 日

## 北京:1999 年 6 月

像室内的花一样,日子很快就出现了难堪局面。首先是男人无法写出东西。他总是感到身后站着一个人,不知道古人那种"红袖添香夜读书"的滋味是怎么品尝出来的。他的习惯是,只要写作,最好就能享受到五平方公里内实行戒严的特权。女人也能感觉到男人的烦躁,尽管这烦躁总是小心地掩饰得很好。

实际上这样的时候女人也是不安的,所以通常她总是利用这段时间去逛街或者去看老乡。甚至有时候就买张地铁票和几份通俗小报,从崇文门坐到五棵松再倒回来,于是半天就给打发过去了。到了晚上,男人有意识地将时间腾出来,这原本就是属于两个人的时间,男人觉得不能独占。一般的情况是,在吃过晚饭之后他们会沿着二环线散一会儿步,到报摊上买一份当天的晚报。回到住地,余下的时间就是看电视了。然而两个人的口味又大不相同。男人喜欢看新闻时事节目或者外国电影,女人则喜欢看港台歌星的MTV。但是女人是贤惠的,她只在男人不看的时候来看,而且把音量开得很小。这样的时候,男人就感到很抱歉,同时又似乎有些无奈了。

临近子夜,他们自然要开始做爱。做爱作为一天生活的总结在最初的一个星期里怎么看都必要。他们每晚都做。为了达到最佳的状态,他们尝试着各种姿势。但是,男人很清醒地意识到,他并非是乐此不疲,事实上他已经感到了辛苦。这是件力气活,男人想,再累也得自己干。男人隐隐觉得自己在女人身体上的劳动带有一种补偿的意味,好像奉献的是自己。但他从来没有把这个念头说给女人,他觉得太卑鄙,至少会引起不必要的误解。可是男人就是这么想的。男人又想,自己可能真是变得老了,连做爱都难以胜任,硬撑着,时间一长便会露出马脚的。一天晚上,男人干了很久却进入不了高潮,他有点害怕地想:我的精液难道都射完了?另一个使男人奇怪的是,这么久了,女人居然就不避孕也不怀孕。于是男人便怀疑起自己:也许我的精子全他妈的死绝了。这还不是衰老吗？

这种事情是不是每天都要做？有一天女人这样问道：别人这样吗？

那也未必，男人说，想做就做呗。

你想做吗？

当然。男人嘛。

你真的想吗？我觉得你好累。

你呢？

我无所谓的，你可别生气。

我想我该是有些老了吧。

我没觉得你老。

可我自己觉得。

男人停了下来，不由得轻叹了口气。他能体会此一刻什么叫作真正的沮丧。女人用身体紧贴着他，女人很想通过这种方式使男人平静下来。可是这个时候，男人希望的却是把自己的身体完全舒展开来。朋友这张床是个单人床，现在两个人睡起来便感到有些挤了。于是男人说：今晚我们分开睡吧，我睡沙发。

女人说：我睡沙发。在家的时候我就经常睡沙发的。

男人说：那不合适。

女人说：你累了，好好睡一觉吧。

男人说：其实累倒未必，就是有点儿倦。

女人笑了笑，抱起枕头和毛巾被去了沙发上。窗外的月光透进屋,使这个狭小的空间显得比白天的时候要宽敞一些,也宁静了一些。

这是一个十分舒朗的夜晚。男人像是一匹在大漠中长途跋涉的骆驼,终于走进了绿洲。很快,屋子里便响起了男人的鼾声。那时候男人不知道,也就是从这个晚上起,女人开始了失眠……

我醒来的时候已经是翌日接近正午了。屋子里没有人,桌子上留有我的早餐,没有留言,我想沈芷平大约出去买菜了。进卫生间洗脸,看见牙膏已挤在牙刷上,我便很自然地想到了水市的小丹。在我这几十年里,被一个女人这么照顾,似乎还是第一次。这样的女人真是应该娶回来当老婆的。但是,她好像并不这么想。她这个年纪谈婚论嫁还为时过早。我呢?我已经对她表明过态度:女儿不送出国,我是决计不打算再婚的。也许全然放弃这个念头。婚姻这种形式越看越没有多少道理可喻,至少对我是这样。不过眼下我想,应该换一张双人床才是。我不能总让她睡到沙发上。

我突然觉得自己有些奇怪。从李佳那会儿起,我就不习惯与一个女人共枕一宿。李佳对我的烟味汗味以及脚气都很反感。她睡眠非常讲究,你只要稍一翻身她就醒了,之后便是没完没了的责备。所以孩子一出生,我便自动去书房里另支一铺。算起来,我和李佳做了十年的夫妻,但在一张床上睡,也就一年光景吧。倒是和桑晓光同居的那两年里称得上如胶似漆,以至每次离别分开总有几天的不适应。现在，这种独处又成了习惯，我真怕一时间难以纠正过来。我不能这样下去，真的不能。要是一个男人只是在做爱的时候去亲近女人，那么这个女人就成了一本工具书，用时随手翻一下，然后便束之高阁，这实在是极端的恶劣。我想我得赶快去买一张双人床来。

《新闻三十分》节目过了，沈芷平还没有回来。似乎受到刚才那思绪的鼓舞，我迅速吃了早餐，就出门买床了。靠近磁器口有一家家具店，并不费事。但是我没想到会遇上一件麻烦——临付款时，我才知道钱包被贼人偷了。钱倒不是很多，也就两千的样子，只是身份证和一张女儿的照片在里面，让我觉得气愤。床没买成，我顶着烈日回来，衬衫全湿透了。门还锁着，沈芷平也不知去了哪

里。我洗了澡，重新回到床上，思谋着该去银行取钱了，要不连买烟都成了问题。可是经过刚才这一折腾，我感到很是疲倦，四肢无力，头晕目眩，头一落枕困意便袭了上来……

我们又一次遭遇了！

那不过是一杯水，分明是一杯纯净的白水，微弱的涟漪却使我感到惶

恐。我感到自己的身体已骤然浓缩,接着慢慢开始了悬浮。我知道我的躯体已经成了一条小鱼,被装进了这个有水的杯子。难以置信的是,就是这一杯水,竟也能给我很大的压力。我知道氧气在迅速地挥发,我的生命在倒计时,可我还在挣扎着,想跃出这只杯子。我在杯子里呐喊:让我出去!我宁可死在没有水的地方,我不要这杯水的施舍。就在这时,无端地滴进了一点血,血的重量使杯水震荡,于是立即有很多的血丝像章鱼的脚不断对我伸出来。然后,它们形成了一张网,一张用血丝织成的网,将我紧紧地网住。遥远的地方,一只杜鹃鸟在发出笑声……

我便在这鸟的笑声中惊醒了。周围漆黑,窗外是雨,时间在我的噩梦里穿行了两百分钟。在那两百分钟里我是一条一寸长的鱼。我的后脑在剧烈地疼痛。沈芷平还是没有回来,我这才变得焦急。在我给她所有的熟人打过电话后,这种焦急便如同浸泡在汽油里,在我心头彻夜地燃烧。然而我不信我的女人会不辞而别,我不信她已离我而去。

这漫长的一夜对我确是煎熬!

——1999 年 6 月 3 日

第二天上午,男人在睡梦中听见了敲门声。事实上,男人是处于朦胧状态,所以当门声响过第二下时,他便一跃而起,直奔门而去——

门外是两个警察。

男人第一个直觉是怀疑自己哪个地方出了问题。哪个地方呢？在这个瞬间，他看见了冯维明的脸。他想会不会还是因为那笔钱……

你认识一个叫沈芷平的女人吗？警察平淡地问道。

她是我女朋友。

什么样的女朋友？警察说。

我们是恋人，男人说，她怎么了？

警察没有回答，继续发问：你住这儿吗？

是借住，男人说，这是我一个朋友的房子，他去美国了。

你好像不是北京人吧？

我在北京做事。

做什么事？

这也需要回答吗？

只要不是涉及国家机密，你都得回答。

这是我的私事。

警察看了男人一眼，说：私事？我问你就是公事。你的身份证——

男人说：昨天被偷了。

昨天？警察讪笑着：这么巧？那就请你随我们去所里谈吧。

男人说：到哪儿谈都行。你能不能告诉我沈芷平怎么了？

警察说：这也是我们的私事。走吧，带上点钱。男人说：钱也被偷了。不过我可以到银行去取。

等男人到了派出所，他才知道，沈芷平在买菜时遇上了突击检查,她没有办暂住证,就临时关押在这里。如果交不出罚款,就会被遣送回家。男人走进派出所时,看见一间屋里挤满了人,这些人都属于"社会闲散人员"。至于男人自己的问题,则要简单得多。他向负责人说明了自己的单位、职业和犁城方面的电话。男人忽然想起最近某一天的晚报上还有一个版关于自己的专访,还有照片。为了让他们相信自己不是个坏人,他建议警方把这期报纸查出来。他说:我的确是一个"社会闲散人员",但从不违法。

他们还真的把那张报纸给查了出来。那位负责人上上下下地打量着他,很迟疑地说:照片上的这个人是你吗?怎么看起来比你精神多了?

他说:我历来上像。

负责人就把身体往后一靠说:作家也不能例外对不对?该交的还得交对不对?这是法制社会人人平等对不对?

他说对。他说太他妈对了。

事情这才有个了结。他站在院子里等候沈芷平。一会儿,女人出来了,头发盖着大半个脸。等女人把头发撩开时,男人吃了一惊。一夜之间,女人仿佛变成了另一个人似的,眼神十分暗淡,嘴唇毫无血色。女人远远地走过来,像风中的一秆芦苇那般,男人不禁迎上去拉住了女人的手。

他们就这么拉着走了回来。男人放满一缸洗澡水,想让女人好好洗个澡。男人说:你别动,我来替你洗。女人就照做了。女人让男人把她脱光,让男人把她抱进浴缸里。男人吃惊地发

现,女人白皙的身体上出现了很多的暗红色的斑点,都是蚊子咬的。男人一下感到胸口给堵住了,鼻子发酸,男人问:为什么不及时给我打电话呢?

女人有气无力地说:他们不让。他们要审过了才许打。

女人说:再给我加点热水,我冷。

女人说:我好想家……

很多天后,男人一想起这天早上警察的不期而至,心里便涌起一种极其复杂的感觉。我压根儿就没有去想他们是否找错了门,或者他们只是来询问一件无关紧要的事情,我首先想到的却是我做错了什么,我在什么地方露了马脚,我有什么把柄落在他们手里,尽管我心里清楚我从来与杀人越货纵火强奸贪污受贿没有关系,但我还是这么想了。

男人想:我为什么要这么想?!

男人对自己说:你好贱。

从那以后沈芷平就更害怕出门了。她的活动半径大约只在一平方公里以内,她甚至都不敢出去买菜。我们在附近一家小饭馆订餐。有一天,说好了一道去北京音乐厅听交响乐,临出发时她又变卦了,她说她身体有些不舒服。那天晚上她很早就上了床,不久便睡着了。我回到电脑面前,想把未完成的小说往前走几百字,精力却很难集中。等我刚刚找到了一点儿感觉,我忽然听到了背后的鼾声。一开始我还以为是隔壁邻居发出的,仔细一听才确定打呼的是沈芷平。我很诧异,因为她以前没有这个毛病。我无法相信一个年仅二十二的女人会发出如此响亮的鼾声。即使是我母亲,也不至于这样。这个感觉太糟糕了,它让我对青春产生了怀疑。我走近她,替她把压在胸口的手臂放下,又把被子拉松,鼾声停止了,但过了一会,又响了。

那个晚上我什么也没做成。我关了灯,把窗帘拉开,月光洒进屋内有一种梦幻的感觉。但是这个梦一点也不浪漫,毫无诗意,也挑不起我的性欲。我的情绪不是沮丧,而是悲哀与怜悯,我想,一个外省人在北京谋生太不容易了,一个人活着实在是太艰难了,以至于让衰老的鼾声提前四十年就响起……

我没有把打呼的事实说出来。但我们的日子过得乏味应该是彼此都能感受到的。我希望沈芷平能去上一个电脑班,学点平面设计方面的知识。我甚至告诉她,要想在北京扎下去,得有一个相对稳定的依托,譬如说搞一个平面设计工作室,以我目前的经济能

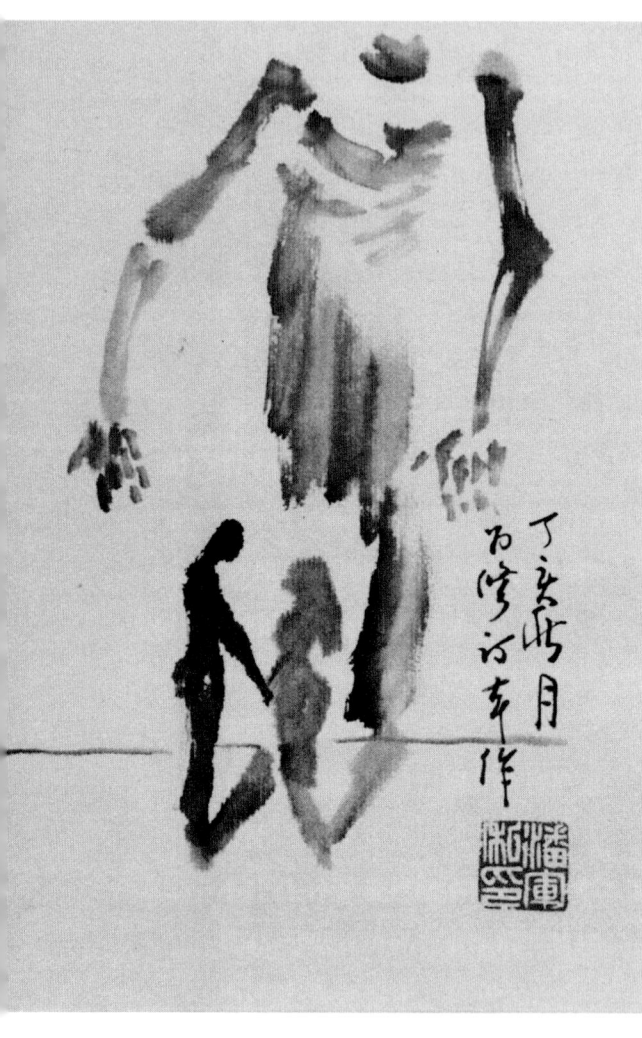

力和在北京的朋友关系,投资不算大,活也不愁接,我们不妨试试。但是她对此似乎没有什么兴趣,她说:如果不是因为你在这里,我是不想待在这个城市的。

昨天,她又告诉我,下个月是她父亲五十岁的生日,她准备回家一趟。

我问她:你还准备再回来吗?

她说:我没有想好。

我不想就这个问题深入问下去。她要离开,只是迟早的事情。我想的是,以这种方式来结束我们的这段缘分不是最佳的方式,而我又想不出哪种方式最佳。我们相处了几个月,不能说是过得多么好,但可以肯定地说,过得很轻松,我似乎没有感到有什么压力。这是一段平淡而又幸福的生活。它不能使我燃烧,却能让我舒适。这仿佛是一次情感历程的滑行,虽然缺少激情的冲动,但是有着良好的惯性,几乎全部的能源都出自一个年轻女人的善良。而我却没有好好待她,这还不能完全怪罪于我的自私,我们之间的差异显而易见。除去年龄方面,我从沈芷平身上既找不到肖航那种共同语言,也找不到桑晓光那种如胶似漆,我的精神与肉体两方面的能量都没有得到有效而充分的发挥,这应该是问题的症结所在。然而,失去这么好的女人又使我心情沉重……

这个晚上对我而言又无疑是一次煎熬。沈芷平还是早早地睡下了,她是一丝不挂地躺进了毛巾被里,分明是在等待我。她喜欢在那种半梦半醒的状态下做爱,她曾经说过,这种感觉比较好。而现在的情况是,做爱似乎成了抵抗恐惧的一种有效手段。我好像在哪一本书上读到过,爱的对面就是恐惧。我无心再干别的,想躺在浴缸里泡一会儿,可我又担心今晚又会听见她的鼾声,那样的话,我恐怕尽不了自己的责任了。就在这个时候,我的手机响了。

我没有想到,竟会是桑晓光的电话。而且,此刻她就在北京。

——1999 年 6 月 13 日

# 北京:1999年6月

桑晓光是从一位文艺圈的朋友那里得到男人的手机号码的。电话里他才知道,这个桑晓光已经在北京工作半年了,现在一家网络公司当网页主持人,网上的名字叫"烛影"。

你知道我为什么要取这个名字吗?女人这样问道。

不清楚。男人说。

你是有意这么说还是贵人健忘呀?

别打哑谜了,有话见面再说吧。你还愿意见我吗?

有什么不愿意呢?我们毕竟……明天我请你吃饭吧。

电话就这么结束了。然后,男人关掉了手机。

意外的电话使男人在这个晚上有了意外的激动,于是关于南方那些逝去的岁月在男人的脑海里再度重现。那是些难以磨平的岁月,就像"烛影"一样难以磨灭。男人当然记得,1994年6月,当他决定离开海口去中原蓟州时,他曾为桑晓光填写了一阕词,用的就是"烛影摇红"的词牌。后来他把它书写在宣纸上,送给了女人。再后来,那已是第二年的秋天了,他去海口看望女人,却没有在女人屋子里看见这件东西。他知道,事情已经发生了变化。在他再三的追逼下,女人承认,男人的作品被另一个男人撕毁了。于是这个晚上,男人住进了酒店。第二天,女人来酒店时,男人已在飞往中原的飞机上了。现在,这个"烛影"又出现在北京了,可能距离男人只有一箭之遥……

男人回到了床上,然后就开始抚摸身边的女人。女人光润的肌肤让他想到的却是南方的那些不眠之夜。男人亲吻着女人的身体,与此同时,男人感到自己的呼吸、心跳以及下体都逐渐紧张起来,他压在了女人身上。此时的女人犹如在一场春梦中逍遥,她并没有真正醒来,她的口腔里还散发着那种熟睡已久的酸味。但是女人的身体语言又分明在告诉男人,她很清醒,她的每一个动作都是挑逗与暗示,都是积极的配合。当男人的抽动越发激烈时,女人发出了呻吟。呻吟一直持续到男人那期待迸发的几秒钟,那一刻降临之际,男人感到仿佛将女人彻底穿透了,以至于女人发出一声惊叫,月光便在这个瞬间变得刺眼起来……

第二天,男人醒来的时候,身着粉红色睡衣的女人已经在收拾房间了。女人的头发刚刚洗过,裹着一条干毛巾,显得很迷人。男人让女人坐到边上,握着女人的手,另一只手又在抚摸女人的大腿,他发现,女人里面还是没有穿衣服。

女人说:我刚洗过澡呢。

男人说:昨晚好吗?

女人点点头:我说过,我只能在睡熟了以后……

男人说:那么今天晚上还是让你先睡好了。

女人说:你行吗?还是隔一两天吧。

男人笑了笑,突然出其不意地将女人拉进了怀里。他们又开始了做爱。不过这一回的效果并不理想,男人虽然很有力量,但是觉得很麻木,似乎一切都还没有苏醒。后来男人对女人说:早晨是不适宜做爱的。

他们在床上躺着说话。在说过一些琐碎的事情之后,男人告诉女人,昨天夜里桑晓光来了电话。男人说:她在北京。

女人说:那你得见见她吧?

男人说:我们请她吃顿饭怎么样?

女人说:还是你请吧,我就别去了。

男人说:你不会乱想吧?

女人说:我不会的。要是我以前朋友来了,我也会这么做。聚散都是缘对不对?

这个早上的谈话虽然平淡,却给了我不小的震动。我真切地感受到自己现在像个男人样地活出来了——坦荡、干净地活出来了。这应该是我这四十年里一项重大的人生收获。我生活在一个充满谎言的世界里,我的漫长而令人厌倦的情感生活也一样为谎言所包裹,我本人其实早就成了一名谎言制造者,只是我没有勇气承认这一点。我从来就不敢设想有朝一日会断然与欺瞒决裂,在我看来这很不容易。但是今天一个年轻的女人却帮我做到了。

与桑晓光见面的地点选择在方庄,一家不起眼的湘菜馆。我到的时候,桑晓光已经在了。她戴着墨镜在看北京流行的一份叫作《精品购物指南》的通俗小报。女人的样子很有些优雅,让我不由想起几年前我们在南中国海上的邂逅,也让我想到那个颇有点神秘色彩的肖航。从形象上看，她们很相似。但是肖航身上有一种骨子里流出来的纯粹，这应该是我总容易想起她的原因所在，尽管我们只有一夜之欢。

桑晓光似乎是在悠闲地看报，实际上我敢保证，这个女人的视线早就投射到了我的身上。她只是要恪守着她那份与生俱来的矜持罢了。她是女人，我曾经的女人。

如果我问"来很久了吗？"她必定会说"我也是刚到"。如果我说"过得还好吗？"她就会答"马马虎虎吧"。如果我说"还是一个人吗？"她会立即做出这样的反应："我已经厌倦了两个人的日子。"

这就是桑晓光。这就是我要走近的女人。

我径直走到了她的对面。她站了起来，问道：还好找吗，这地方？

我说：这地方我来过。

然后她就摘下了墨镜。除了感觉上她有些胖了，女人的变化并不是很大。她说：菜我已经点好了，我想，你的口味不至于怎么变吧？

你知道，我的胃口很宽。我说，海口的工作呢？

辞了，她说，海口的戏唱完了。

房子呢？

想卖掉。不过现在卖不出价了。

那其实是一套很不错的房子。

是不错。要不我就留着好了，先暂时租给别人，等我老了，每年的冬季回去住一阵。海口的冬天还是很舒服的。

海口没有冬天,连秋天都没有。

那你的意思是不留它?

我只觉得这个计划太遥远了。

说到这里,桑晓光便笑了。她的笑容还是很迷人。她给我添了茶,说:女人和男人不一样。女人过了四十就没戏了。你算算看,我还能蹦跶几年?

我说你现在不是挺好吗?都上网站折腾了。

我倒是在网上看到几回关于你的消息。对了,我们公司想买你的全部小说版权呢,你肯吗?

不肯。网络和文学没关系。

你上网了吗?

没有。

你应该上网,对你的写作会有很大帮助的。

这我不信。我只相信我的能力。

你还是那么自信。

自信吗?其实我一直是一个很自卑的男人。

这倒很新鲜,我以前怎么一点也看不出来呀?

菜上来了,有腊味合蒸、剁椒鱼头、肉末咸豆角、腊肉萝卜丝、醋熘白菜,都是我爱吃的。我说:菜点得挺好。

她说:可能吃不了,我原来以为会是三个人。

我说:是吗?

她说:你怎么不把你那位带来?

我说:你还知道什么?

她笑了笑,说:我只知道你身边有女人。要不,昨天晚上你是不会那么急着把手机关掉的。这很正常呀。这才像你嘛。来,为你的日子过得这么滋润,我敬你一杯。

接着她又谈起了他们公司要买我的小说。

——1999 年 6 月 14 日

这顿饭吃得很不舒服,像商务活动,说来说去还是绕到了购买小说网络版权上。男人想,这件事本身很简单,他的小说在市场上并不抢手,桑晓光之所以出面谈事,本质上是想树立她自己在公司的形象,好像她一出面就能把事摆平。男人想起那一年的买汽车。那一次,女人的真实目的并非是为了帮助她的前夫,而是为了证明自己的能耐。这是个不示弱的女人,但是智商不高。

事情没有结果,男人要做的是掏钱买单。桑晓光说我可以拿回去报销的。男人说我知道。不过我还知道,我应该来买这个单。

于是就分手了。他们各打一辆车奔向不同的方向而去。坐在车上男人便有些后悔,心想今天这件事处理得不好。即使桑晓光真的是为了证明自己的能耐,那就让她证明一次好了。有什么不可以呢?这会令她伤心的。男人想,过几天应该再联系一次。

下车的时候,男人远远看见沈芷平在楼下公共电话亭里打电话。他觉得很奇怪,屋子里不是有现成的电话吗?他没有走过去,后来也没有把这个说出来。等沈芷平先离开,他才慢吞吞地跟在了后面。他进屋的时候,女人已经在整理背包了。女人问:谈得还好吗?

没什么好谈的,男人说,毕竟都过去了。

她还是一个人吗?

不知道,我没问这个。给我放水吧,我想泡个澡,一身臭汗。

女人便放下手里的事进了卫生间,一边刷洗浴缸一边说:跟你商量个事,晚上我想去看一个老乡。要是迟了,我就不回来了。

去吧。把我手机带上。

我不需要手机。

我需要。我好找你,免得又像上回那样……

说完,男人就躺到了床上。卫生间里响着水声,但听起来似乎很遥远。男人感到精神疲惫,四肢无力,口干舌燥。中午他并没有喝多少酒,一瓶王朝干白差不多都让桑晓光喝了。在他的印象里,这女人也是不胜酒力的,今天是个例外。然而这个女人并没有流露出一丝对往昔的伤感,她很镇定,甚至称得上是春风得意。男人想,时间真是把杰出的刻刀,不经意中把什么都改变了。现在,男人似乎感到这次的见面有些多余了。以前他曾想过,如果想了却他和桑晓光之间的恩怨,如果试图把这个女人从心里彻底抹掉,唯一的办法就是永不再见。他一直担心再见会导致死灰复燃,他害怕的就是这个。可是,时间扭曲了一切,像这样公事公办不是挺好吗？这样不是让彼此都感到轻松吗？这个时代还有什么比轻松更珍贵的？既然一切都过去了……

男人的心情在这一刻转为复杂了。他感到这是自欺欺人。事实上从桑晓光的电话响起的那一刻起，男人的眼前就出现了一片蔚蓝，他的魂魄便融进了这片蓝色。他仿佛又一次看见了那个巨大岛屿的边缘上，自己风中抖瑟的身影，但他的生殖器却变得无比坚挺，以至于他后来在月光下分不清被自己压在身下的是哪个女人……

尽管男人没有欺瞒，但是现在看来这种感觉有些糟糕，就像白衬衫上染上了一滴墨水，一经染上，想彻底地洗掉是不可能的了。他想他和桑晓光就是这种关系，他们不能再见。在这几十分钟里，男人明显感到自己不自然，而且，这种迹象连沈芷平也能觉察得到，否则她不会选择这个时候去看什么老乡。全世界的女人都一样地敏感，只是这个女人不愿表露出来罢了。这个女人很快就要走了，这一走或许就不会再见。世界有时候会让你觉得很大，一张纸也能成为一堵墙啊！

这前后十几个小时都被那个桑晓光拿去了，他感到不可思议。沈芷平一走，桑晓光会就此重新介入到他的生活吗？男人突然想到了这一点。他有些害怕了。难道真有一只看不见的手在编排着左右着这一切？为什么桑晓光竟在此时从天而降？为什么？

此刻，他浸在浴缸里，在不断地放着热水，但他还是感到冷。沈芷平什么时候离开的他不清楚。他匆匆洗好澡，带着未擦干的水滴回到床上。外面的阳光很好。他觉得有些眩晕,身体好像被空气托举着,男人想,也许该生一场病了。

大约在黄昏时分,我感到上腹部的右侧开始了疼痛。我以为是胃的毛病,譬如急性胃炎什么的。我在农村插队时落下此症,后

来进大学,四年比较规律的生活又使它慢慢见好。这些年的走南闯北,胃部常有不适,特别是在中原的那两年。中原的水质糟透了,它来源于黄河,无论怎样的净化都让人生疑。那水喝到肚子里发胀,制成的酒也容易醉人。没想到北京的水也这么差劲。水让我思念起海南岛,那里的水真可算得世界上最好的水了,还有那里的阳光、空气——生命的三要素,海南都是最好的。所以在南方一个人的生命力总是那么旺盛。我在南方几乎每个晚上都睡得很迟,而翌日也起得很早的,算起来,每天我只能睡上四个小时吧,却从来不感到疲倦。

对我这样的男人,生命中的有些女人的位置是无人可以替代的。譬如说韦青,她是我此生的第一个女人;譬如说李佳,她是我结发的妻子,我们有一个女儿;譬如说桑晓光,她曾经带给我一个男人最大的满足,尽管我们的结局很不尽人意。但是我总隐约地感到,这并非真正的结局。我们之间的关系如同一出大戏,第一幕落下意味着第二幕即将进行,只有短暂的幕间休息,灯光一经转暗,新的演出便悄然开始……

腹部的疼痛在加剧,难道会是胃穿孔吗?我的汗已经出来了……

天完全黑下来。我在床上翻动着,然后,我看见了李佳——从前在犁城的家里,每次生病都是李佳给我帮助,虽谈不上怎么照顾,但是她可以替我拿药,替我去单位办理有关手续。我已经几十年没有住院了,今晚看来是在劫难逃,我何必要到这北京来住院呢?拖是拖不过的,我得赶快去医院……

一小时后,我被一辆红色夏利驮进了靠近灯市口的一家医院的急诊部。给我诊断的是个戴眼镜的中年大夫,她那散乱的、略带干枯的头发使我很难对她产生一种信任感。她让我躺下检查,问我症状。我说肚子疼得厉害。她说:肚子范围很大,你说清楚,这儿还是这儿?她粗短的手指按得我很不舒服。

我说:大夫,先给我打一针止止疼吧。

那就打一针吧。大夫说,一个小时以内不许喝水。先去交钱。

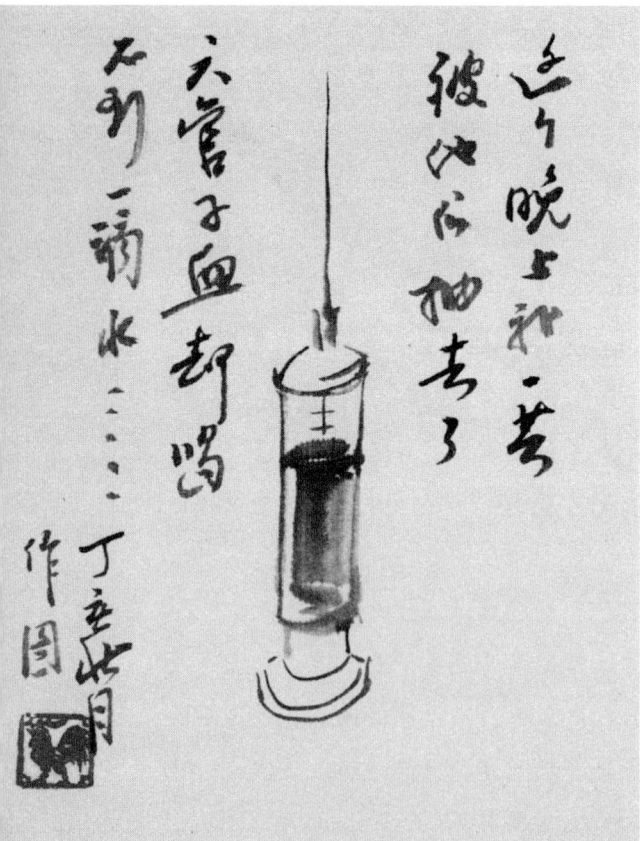

从病榻上下来,我怎么也站不住了。交钱在一楼,注射在二楼,我像个侏儒那样捂着肚子一步一步地挨过每一级台阶。

一针杜冷丁过后,很快就有了反应,但不是止疼,而是口干。我觉得口腔和喉咙里在急剧干燥,连唾沫都没有了,气管好像在紧缩。我想以前从书上看见的"见血封喉"也不过如此吧。我找到那位大夫,对她说:让我喝口水吧,哪怕是漱一下口也行呀!大夫说不行。大夫说:喝了水你的血样就不准确了。于是就抽血。抽过了,化验过了,血里似乎看不出什么问题。那大夫就问我:你是不是偷喝水了?我说没有。大夫说:那怎么血里看不出东西呢?你肯定偷喝水了。我说没有呀大夫,我怎么会拿自己的身体行骗呢?那大夫就出去了。过了会儿,刚才给我抽血的护士又托着盘子来了,再抽。我问护士:不是抽过了吗?护士说:医生让再化验一次。护士又问:还那么疼吗?我点点头,我说:你对大夫说:我疼得想叫喊了!护士看看我,说:你不是北京人吧?你身边得有个人才是。

这样,我请这位护士给我拨通了手机,让她转告沈芷平我现在何处。接下来还是检查,急性胃炎推翻了,怀疑是胰腺炎;再推翻,又怀疑是肠梗阻。最后连那个大夫都心虚了,便去找来一位年岁大一点的男大夫。这个男人还是一样的在我的腹部按来按去,他说:再验一次血吧!

这个晚上我一共被他们抽去了六管子血,却喝不到一滴水。

——1999 年 6 月 16 日

沈芷平是在男人做完 X 光放射后赶到医院的。那时候,男人已经疼得麻木了,脸色苍白,衬衫几乎被汗浸透。急诊室的病榻上那条肮脏的白床单被男人的身体揉成了一团。露出的垫褥更是不堪入目,散乱的线纱,发黄的棉絮,酱油色的血迹,男人觉得自己仿佛被扔到了垃圾堆里,自己也就成了一堆垃圾。所以,当年轻女人伸出手来握住他的手时,他说:你真是个拾垃圾的。说完,他笑了笑。女人却眼泪禁不住地流下。女人不说一句话,一直握着他的手,在后来的时间里都没有松开。不久,男人便昏睡过去。

1981年3月30日,时任美国总统的罗纳德·里根在华盛顿的希尔顿饭店前遇到枪击。在总统送往手术室进行抢救时,他感到自己的手被一个年轻护士的手"紧紧地握住"了。几年后,里根先生在回忆录里这样写道:这是一只女性的温柔的手,使我产生了一种非常美好的感觉。甚至到现在我都觉得很难用语言来形容这只手给我带来多大的安慰。

昏睡中的男人想到的还有另外一件事,那就是几年前在中原蓟州,当时他也是病倒在床,当时也是一个来自巴蜀的年轻女人坐在他的身边,紧握着他的手。这一切就像是重现。这一切现在看来是那样的相似。邢蓉走了,沈芷平马上也要走了。男人突然感到泪水涌出了眼眶。这不是梦中的泪水。这种情况对男人而言实在是久违了。两只手紧握着。男人感到自己的身体在往下沉,沉到一片深水里……

等男人醒来,已是翌日的早晨了。他的手已移到了胸前。输液针头还扎在手背上,这一夜男人总共输了大小八瓶,手背都变得青肿了。腹部的疼痛感业已消失,但是身体却很是虚弱。女人熬了一个通宵,眼圈都发青了。见他醒来,女人说:你饿吗?

男人摇摇头:你辛苦了。去吃点东西吧。

女人说:我不感到饿。

男人说:等这瓶点滴完了,我们就走。

女人说:医生讲要住院观察几天。

男人说:不,我不住院。

女人说:这件事上就别任性了,住下吧,我陪着你。

男人说:我不能住下。一个健康的人进了这种地方都会给弄出毛病的。你看治到现在,他们还弄不清我是什么病。他们就知道抽我的血。

正说着,那个戴眼镜的女大夫来了,让他去做B超。

男人便问:昨天晚上你们怎么不让我做?

大夫说:昨天晚上没有人值班。

回答就这么简单。然后,那大夫扭头去了。男人坐起来,自己将手背上的针头拔掉。后来的事还是简单,B超的结果一目了然,是胆结石。男人的胆囊里有两颗结石,大小分别是1.8厘米和1.2厘米。医生建议动手术。于是女人吓了一跳,女人害怕地问道:要把你的胆割掉吗?

男人说:我不会让他们割的。

男人接着解释,说这种病就是平时注意少吃油腻的东西,发作起来一阵风,过去了便无踪无影。男人说:现在,我们可以回家了。

回家的感觉在那一刻真是特别地温馨。我们一起痛快地洗了澡,然后在浴缸里做爱。我没有感到自己身体上有什么不适,只是觉得做爱的过程缺乏应有的酣畅。这都是我的女人显得紧张的缘故,在她看来,一个刚离开医院的人是不应该急着做爱的。等我们完事后,她轻声问道:怎么样,疼吗?我说不疼,我很舒服。我说:晚上我还要。她的眼睛突然变得很明亮,这下似乎是完全相信我是真的没事了。

这天晚上我们把地板擦干净,打上地铺,十分舒展地躺下,但是做爱的计划随着漫无边际的聊天不知不觉地取消了。我知道,这是即将分离的前奏。其实我们之间或许应该进行一次长谈。该从何谈起呢?面对这样一个心地善良的年轻女人,我感到丝毫没有理由进行挑剔,可是我又无法克服沟通的困难……

时间快进入7月,几乎每日都是高温。没有雨。已经好久没有雨了。

今天是6月26日。沈芷平将乘黄昏那趟直达重庆的列车回去,为她的父亲祝寿。尽管她反复向我解释,过些日子她还会回来的,可我心里还是不敢相信。我有一次无意中从她的电话里听到,那座豪华的酒店业已竣工,可能马上就要开业了。她不告诉我,是怕我伤心。而我也不必去点破。我给了她一万元,她有些意外地问我:给我这么多钱干吗?我说:我不在你身边,能够帮你的就是钱了。

我又说:有空就给我来电话吧。我手机会每天开着。

她说:你要是决定做手术,一定要等我来了再做。

我点点头,突然觉得有些心酸,就提起她的行李先出门了。透过梧桐树的缝隙,我看见太阳已走到了天坛祈年殿的后面,天空开始呈现出橘红的颜色。有几只鸟在那片天空上飞行,这很难得,在这座城市里,我好像很久没有见到鸟这种东西了。

我还是第一次来北京西客站。这个耗资巨大不伦不类的建筑物从来就没有引起过我的好感,在它的面前我感到十分压抑。我买了站台票,沿着一条迷宫似的通道到达站台。开往重庆的车横在眼前,真是很破,而我却要将我心爱的人送上这趟破车。但是我不后悔没让她乘飞机回家。这些年下来,我对航空是越发地不信任了,况且几年前在重庆的天空里是出现过空难的。科学进步得很快,不知会不会有那么一天,科学能让人自己飞起来,让人平安而惬意地飞到自己向往的天空去……

车轮滑动了……

我们的手松开了……

我的身体紧靠着站台上的柱子,目送沈芷平远去。当列车驶出我的视野之后,一种极其复杂的情绪便慢慢在我的心中升起了。怅然若失很明显,但在这之下,我似乎也有了如释重负的轻松,这让我感到羞愧与无奈。我不知道这是痛苦的离别还是意外的解脱,界限模糊,甚至我们之间的经历也好像显得久远,那些在身体上瞬间留下的烙印好像正被隆起的脂肪所掩盖,只能看到浅显的痕迹了。这多么可怕!仔细回忆起来,自从和这个沈芷平认识后,我就没有认真地去考虑怎样才能把她留在身边。我几乎没有做这方面的任何努力。如果我做了呢?如果我决计今生要和这个女人白头偕老,她还会走吗?难道这个世界真的到了一点东西都留不下的时候了?

天彻底地黑下来。城市经过连日的高温蒸发,空气中弥漫着劣质煤油的味道。西客站周围到处都是买杂货的小贩,出租车八成放空,热而萧条是城市这个季节的特征。这个位置距离我的临时住所至少有二十华里,我真想走回去。时间现在对我已经没有什么意义了,我可以恣意地挥霍它,无论散步还是做爱,在这一点上都是相同的。

我深知这就是堕落。

——1999 年 6 月 26 日

# 北京:1999年7月

　　第三天沈芷平的电话来了。手机响的时候他正在马桶上读一张无聊小报,上面说着中国足球的破事儿。男人一看来电显示,知道是重庆方面的电话。声音听起来很小,而且并不感到亲切。不是讯号弱的原因。女人说:我到了,我现在是在家里。男人说:坐火车很辛苦吧? 那么远的路。女人说:我爸爸在厨房做菜,回头没人的时候我再给你打过去吧。说着就把电话给挂了。男人感到一口气还堵在喉咙里,就这样被噎回去了。男人想,这算哪门子事呢? 来个电话还这样偷偷摸摸的,简直荒唐。

　　从卫生间出来,男人把椅子端到窗前坐下,点上烟,看着远处的旧城廓,心里很不是个滋味。他想,和这个沈芷平的故事到此仿佛就结束了。他不大相信女人还会回来,以后的一切将如同他多次做过的设想。这不,女人只要进了她那个家,连声音都改变了。这是个逆来顺受惯了的女人,所以她最终接受的还是习惯。此刻令男人感到不安的,是不好对发生在他们之间的这段感情做出确切的定性。它既不同于露水之缘,也不同于炽热的情爱。若是前者,当事双方的背景应该很模糊,甚至连姓甚名谁都不一定清楚,需要的只是一时的冲动;而后者无疑是以可信的情感为基础的,需要爱得死去活来。这些他们似乎都没有。

然而这段生活倘若放在婚姻里,则又能显出光彩。放在任何婚姻里都称得上美满。这个女人天生一块做老婆的材料,谁娶了她都不会后悔的。

可是,为什么不留住她呢?还是以前的那些理由?是,又不完全是。男人想,我也许最需要的还是独身,我已经像一匹脱了缰的野马,过惯了无拘无束的生活,再回到常规的日子恐怕不可能了……

男人又想起了那本《生命密码》,那上面说,生于11月28日的射手座男人,意味着一生独行。难道果真是命定?

一连几个晚上,男人像个幽灵似的在附近的街上漫无边际地闲逛。没有人注意到这个外省人的表情,却每次都有人来做他的生意——推销黄碟。

先生想要就说个价吧,咱的货都是特别清晰版的,一点马赛克没有,要吗?

不要。我见过这种东西,没什么劲。

那你说什么有劲?小贩似乎误会了,接着说:想不想真练?全中国漂亮的女人都跑到咱北京来了,给您介绍一个?

男人一笑付之,走自己的路了。他忽然感到刚才那小贩的话很耳熟。前几年人们都说漂亮的女人全去了南边,如今南边没戏了,便来首都扎堆了。很自然,男人想到了桑晓光。已经过去半个多月了,桑晓光再也没有来过电话,这有些反常。男人仔细回忆了那次在方庄和女人的见面,尽管后者开门见山地问起过他的近况,但是男人却没有正面回答,好像连默认的意思都没有显示出来。就是说,桑晓光无非是一次推测而已。难道她们真的通过一次电话——就在他生病的那天夜里?他之所以把手机交给沈芷平,其实是想显示自己的坦诚,同时给桑晓光一个明确的指示,倘若她真的来过电话的话。

人真是很奇怪的动物,男人想,那个时候他不希望桑晓光重新卷进来,现在却又猜疑她为什么和自己断了联系,不是近在咫尺吗?难道是因为没有把公司委托的事情办妥,感到跌了面子,生气了?男人轻轻叹了口气,觉得自己这么想很不应该,有些对不起那个刚离开的重庆姑娘了。一个男人年纪越大,就越实在,越庸俗,越失去耐性,所谓精神的东西就越发脆弱,任何信念都出现了崩溃,他会总想着那些看得见摸得着的东西,爱情也不例外——这是后来他得出的结论。

重庆方面的电话在一周过去后渐渐地少了。在我看来这是意料之中的事情。我不想去推测她为什么要这样,惊讶的是我自己对此所持的平静态度。我不感到焦躁,相反的,我觉得现在可以每天在电脑面前认真坐上几小时了,而且写起来居然还顺手。那样的时刻,我体会到了不被打扰的写作的快乐。我心里很清楚这是自私的表现,但是这种快乐由于久违而显得十分真实,以至于每当我在键盘上敲出一个好句子时,都会有初学者的那种情不自禁的兴奋。即使是晚上,在某个下雨的深夜,我也只是有些浅显的寂寞感而已。那时我就会想到给远在西南山城的沈芷平去个电话,但是我终于没有这么做,因为行前她对我反复交代过,她会与我主动联系的。我知道,她还是害怕那个家。她也不可能摆脱那个家对她的控制。

三天前北京开始下雨。连绵不断的阴雨天气使城市的气温陡然下降了很多。到了晚上似乎还有了一些凉意,其实秋天还远着呢。我有些困倦了,想期待一个社交活动的出现来调剂一下。可我又不想给在京的朋友打电话。我从晚饭后起就躺到了床上,没有开灯,这样可以看清窗外的雨丝——它们在路灯的映照下姿态很好看。我就这样看到了接近九点的光景,想想还是决定给重庆去一个电话。她家的号码我在黑暗中都能拨准确的。

电话很快通了,是个男人的声音,那应该是她的父亲吧?

喂?你找哪个?

老曹在吗?

哪个老曹?你打错了。

对不起……

我放下电话,在黑暗中自嘲一笑,我当然知道错了,我也不知道有这个"老曹"。人真是很奇怪的,这才分别半个来月,就这么淡忘了,偶尔的一次联络还得说瞎话。我开始有了一点伤感,觉得这与沈芷平的为人极不相吻合。如果她想给我打电话,即使家里不便,也会去街上打,这并不困难。我没想到我也同样会受到轻视,而且来得这么快。这时,我突然记起那一次她在楼下公共电话亭里的情形,觉得事情可能比我想的要复杂。与她通话的那个人是谁?是她的老乡吗?(后来她确实去了老乡那儿)可是以往找她的老乡都是直接把电话打到我们住处的。那个人是谁,只有沈芷平自己心里清楚。

外面还下着雨,人在屋子里待不住了。这附近不远的地方有一个酒吧,那里将是我今夜最佳的处所。酒吧的布置很特别,几乎完全按照三十年代的格调。

后来我就坐在靠近楼口的这张台子,要了一杯黑啤,听着老式留声机放出的《夜来香》。陈旧的乐曲使我有了一种置身于一部老电影的感觉,但是我周围的这些人穿着都很新潮。他们低声交谈着关于这个国家前途和自己命运的话题。然后我发现,今夜在这个怀旧的酒吧里,只有我是一个人闷坐着。服务的小姐已经多次向我递以困惑的眼神了。可我还必须坐下去……

再后来,我的电话响了。

——1999 年 7 月 6 日

## 犁城:1999年7月

男人没有想到,这个电话竟是肖航来的。他们已经好长时间不联系了。准确地说,是联系不上。男人曾经拨打过女人的手机,每次听到的则是另一个女声:用户没有开机。男人想,那个时候女人一定正埋头做她的移民准备,所以现在一听到女人的声音,男人就以为她的事情办好了。男人说:你是和我辞行的吧?

我倒希望是这样,肖航说,我到北京来了。

你在北京?

见面方便吗?

这话说的……我现在一个人在外面,告诉你怎么走……

大约四十分钟以后,他们在这个酒吧见面了。第一眼看上去,他们都觉得对方很疲倦。春天里的肖航穿着一件暗红色风衣的飘逸形象随风而逝,业已成为记忆中的一道风景了。他能感到她的不顺利,这种感受在这个雨夜越发显得强烈。男人不会忘记,在杭州的那个晚上天上也下着雨……怎么一个人泡吧?肖航问道,你在等什么人吧?

就算是吧,男人说,这个人现在来了。

真是一个人?

一个人不是很好吗？我早习惯了。

这和我的感觉可不大一样。

事情办得怎么样？

今晚不谈这个。我们有多久没见了？

四个月。

这四个月你都在北京？

不，我回了犁城一趟，还回了老家。怎么突然到北京来了？

想来。来看看你不成吗？

那我可受宠若惊了。肖航，是不是签证办不下来，到北京这边想想办法？

我说过今晚不谈这个。来，喝酒，为我们的重逢。

他们干了一杯。这两个都不善喝酒的人在喝下一杯后，表情都出现了改变，彼此看起来都有些陌生。而共同的一点是，都仿佛刻下了悲伤的痕迹。然后，两人之间出现了短暂的沉默。时间在一分一秒地流逝，男人在考虑，这个晚上女人会住到哪里？女人肯定是安排好了，问题是，他们之间的关系非同寻常，这是一对曾经的情侣在异地他乡的重逢，需要的是尽快找到一张大床。这是人之常情。但是，这种暗示从一开始就取消了。我的枕头上还留有沈芷平的气味，男人想，这么做岂不太荒唐了？这个晚上还会出现什么？将怎样结束？这些对男人来说心中都没有底。所以在以后的谈话中，男人一直采用听的方式，顶多就是作些插话。女人这个晚上的话题很凌乱，她说了些小时候的事，说了些在大学时代的事，说了自己最近读的几本关于国学大师陈寅恪的书。说了自己秋天里想去一趟辽东半岛，说她辞掉了电视台的合约,最近没有做事的欲望。女人闭口不谈的是此次北上的目的,而这一点却是男人最为关心的。

住下了吗?男人忍不住地问道。他后面似乎还有话,但没有往下说。

我住在和平里一个亲戚家,女人说,你是不是担心……

我是想知道你是不是方便……

要是不方便呢?

那就住到我那儿去。

女人就笑了,说:你说这话好像在赌气似的。

赌气?男人也笑了:我跟谁赌气?

跟你自己呀,女人说。她把面前的酒一口喝下。

男人苦笑道:我现在连跟自己赌气的兴致都没有了。

女人说:不至于这么惨吧,我看报纸上老在说你的事。

男人说:你还这么关心我?平时怎么不来个电话?

女人说:我怕骚扰你呀。

男人说:是你怕被骚扰吧?

女人说:别斗嘴了,外面的雨好像停了,我们出去走走?

这是典型的一条北京胡同。对这两个外省人来说,雨后的结伴而行宛如一首淋湿的诗歌,伤感而阴郁。他们的身影富有诗意,但他们都不知道这条胡同的尽头在哪里。男人越发感到这一夜的情形和几个月前在杭州的那一夜太相似了,区别是这一夜没有了期待。他们沉默着走了很长一截子,快到胡同口的时候,女人说:我有一个建议,不知道你以为然否?

什么建议?

你应该回犁城去,和你前妻复婚。

怎么突然想到这个了?

女人停下来,轻叹道:一个人很不容易的。这次见到你,我感到你其实在外面这样漂着很辛苦。

所以你一定得出国找家的感觉？

对。我以前只以为,女人需要家。其实男人更需要,尤其是你这样的男人。

男人想了想,说:我想过,但我没有勇气去试。我已经习惯了一个人。

女人说:这是自欺欺人。婚姻缔造了家庭,所以婚姻才显得这么重,法律上的关系解除,力量很薄弱的。我不和你联系,是因为我们都是一样的人。感情都是火花,一瞬间的事,或者说永恒的只是记忆……即使你身边没有人,今晚我也不打算住到你那里去的。即使住到你那里,天一亮,我还会不辞而别——我来北京已经一个星期了。

男人有些意外,他以为女人今天才到。女人有意把他们见面的时间压到了她临出发的前一个晚上。男人说:这又何必呢?把票退了吧。

没这个必要了。女人说:从刚才我见到你的第一眼,我就这么提醒了自己。

肖航走了。等她走了我才意识到分手的匆忙。我应该坚持让她留下,我们至少可以多在一起谈谈——现在谈得来的人比睡得来的人要少。我们有许多话要说,而且还有一些悬念需要解开,譬如她为什么要这个"航"而不要那个"杭",譬如她手腕上那个小月亮是怎样的来历,譬如她那个早晨为什么要不辞而别……可我还是让她走了。

从那一天起一种不安的情绪就盘桓在我的心头。同时,胆结石的阴影也时常笼罩着我。每天我住在这所陌生而狭小的屋子里,看着窗外的骄阳,看着杂乱的街景和烟尘中的古城楼,感到十分茫然。我简直就弄不清自己为什么还要待在这个北京。是因为那个书商的事情未了还是期待另一次电视剧的合作?那些人总是请我出去吃饭,却始终扯不上正题。可是就这样的破事是无法钓住我的,我想我还是在等待着那个叫沈芷平的女人吧。但是从迹象上看,她或许就不会再来了。

我每天最大的愉快,是晚上给犁城的女儿打一个电话。孩子很快就放暑假了,是把她接到北京还是我回到犁城,一时没有想好。

昨天,还不到吃午饭的时候,我忽然接到了女儿的电话。一听是她的声音我就预感到家里发生了事情。女儿说:爸,妈妈病了。

什么病?我着急地问。

我也不知道,她在医院打点滴。女儿说:你快回来吧。

女儿说完就把电话给挂断了。我能感觉到这孩子很有意见。于是我来不及细想,便给民航公司的售票处去了电话。可是没有今天到犁城的航班。这样我就简单收拾了一下径直赶到了北京站。我很快就从票贩子手里拿到了车票。晚上七点四十分,列车正点驶出了北京站。这个晚上我几乎没有睡。像每次那样,我基本上就待在车厢的连接处抽烟。

"你吃橘子吗?"——二十年前少女李佳在这样的地方对我说

的第一句话仿佛还在我的耳边回响。整整的二十年啊!

我看着我的手,已经变得如此地苍老。手背上每一条经络依稀可辨。这纯粹就是一只垂死的手,可我今年不过四十二岁!我的手好似一面镜子,它照不见我的脸,但能照彻我的心……

经过提速的列车呼啸着在黑色的田野里疾驰,可在我的感觉中它还是走得缓慢。

——1999 年 7 月 10 日

你回来干什么?躺在病床上的李佳见面就这样问道。李佳说:我可没让女儿给你打电话。我没事,你没见到我还在看书吗?

说着把书扔到床头柜上,侧了一下身,然后躺平了。

李佳还是李佳。男人想。话只要从她嘴里出来便成了刀子,割得你哭笑不得。可是这个时候用得着同她争辩吗?李佳,你不就是想说我是在自作多情么,这话也不错。

是不是病毒性感冒?男人小心地问道。

李佳说:我只是不想吃饭,想躺着。我没事,回去陪你女儿吧。

男人想了想,又说:你想吃什么,回头我给你做吧。

李佳说:别,我可担当不起。

男人走到李佳面前,说:要不我给你带点水果?

李佳笑了笑:哪个女人把你调教得这么温柔呀?我心领了,

快走吧,一会儿我们单位要来人。

来人怎么了? 男人这才有些生气,说:我给你丢脸了吗?

李佳说:你别嚷嚷好不好? 这是病房。

男人不想再说,替女人倒了杯水放下,就离开了。他感到身上一股子药味,和一个多月前在北京那个医院的味道完全一样。男人想,所有的医院都是这个味道,他不喜欢。外面的阳光很扎眼,这个夏天实在不让人高兴。男人刚刚走出医院大门,就碰见了李佳单位的人,其中两个人他还认得,只是叫不上名字。他们倒是首先喊了他,似乎很惊讶,一个女人挂着不自然的笑容说:你回来了? 李佳肯定很高兴吧?

男人说:她怪我呢。怪我不该赶回来。

那女人说:那是对你撒娇呢! 我看哪,你们干脆……

男人打断说:我们相处得还可以。

那女人说:是呀,你看你这么急着就赶回来了!

男人说:我得回去给女儿做饭了,有空上家坐坐吧。

男人走出医院,在一棵垂杨的树荫下点上香烟。他忽然觉得有点兴奋,还有了一点不可思议的自豪感。他想,只要这个女人还是一个人,那就还该划归我管吧? 这种美好的感觉以前从未有过,即使是李佳坐月子的时候。月子里的李佳除了对女儿诞生的喜悦,就是对他的怨恨了,好像她这一步走错了,好像她不该同他来生这个孩子似的。

家里很乱,女儿的书本杂志扔得到处都是。厨房的水龙头在滴水,地板上也显得脏。但是这毕竟是自己的家呀,这种家的亲切是无法代替的。事实上,这些年来,男人的意识里这儿从来就是家,所以每次当他一踏上犁城的土地,回家的感觉便油然而生。在他心里,这个空间才是他真正的避风港。在北京突发胆结石的那个晚上,他最先想到的就是回家。现在,他回来了。

男人开始做清洁工作。在之后的两个小时里,他干得满头是汗。尽管火车上的一宿他几乎没有睡眠,但他并不感到怎么累。看着收拾好了的屋子,看着擦得明亮的书橱,男人心里有种说不出的快慰。接着就是洗澡,男人看见莲蓬头上套了一只袜子,这肯定又是李佳干的,她认为只有这样才不会浪费水,也才洗得舒服。李佳唯一不愿想的是由于这只袜子的存在,使这个漂亮的卫生间变得狼狈。男人便将袜子去掉,扔进了垃圾桶。

洗过澡,用新烧开的水沏上一杯龙井,然后从书橱里随便拿起一本书,男人坐到沙发上,享受着家的舒适与惬意。这个上午他过得很不错。他看看表,想着中午的菜谱,他想今天得让女儿吃得开心点。于是一支烟抽完,男人又开始忙了。这时,客厅的电话响了。男人很愿意接这个电话,可是当他喂了几声后,对方把电话挂了。这个电话无疑是找李佳的,男人想,对方无疑是个男人,或许是李佳的父母——他们不愿听见他的声音,这很正常。可这里毕竟是我的家我的寓所我的电话呀,这算什么鸟事呢?

到了中午,电话又响了,这回是女儿来的。孩子说:老爸,我在外公家吃饭,晚饭再回去吃。

行,放学以后顺道去看一下你妈妈。

你没去看她吗?

我刚从医院回来。

那就这样吧。

女儿每次在那边都不愿意多说。她很懂事,可这样的年纪就让她面对人与人之间那种微妙的关系,怎么看都是一件残忍的事。一想到这一层,做父亲的他就感到羞愧。所以基于这一点上,他又特别希望这个孩子早点出国,去大洋彼岸的洛杉矶她姑姑那里。这样才可以解脱,他想,无论是对孩子还是对自己。

男人把做好的菜蒙上保鲜膜放进冰箱,自己泡了一份方便面。他想,一个人吃饭实在是咽不下去。

李佳在医院住了整整十天。据我所知,她患的就是病毒性感冒。以往这种病她并不愿意住院,顶多就是按时去打点滴,因此我有点困惑,我不知道李佳为什么要小病大养。那几天里,我每天都要去一趟医院,给她送点需要的东西。我一般都不多坐,很担心在这样的场合与我从前的岳父岳母相遇,那样会使双方都感到难堪的。老人不会给我好脸色,在他们眼里我完全就是个不义之人,我抛弃了他们的女儿,尽管离婚一直是他家女儿首先提出的。

有一天,我给李佳送去几个杧果。当时病房里只有我俩,李佳突然问我:见到杧果你会不会想到海口那个女人呀?

我笑了笑,我说:你这样一说反倒让我想起了。

李佳说:我一直想知道,从你们男人那里感觉,女人和女人是不是有很大的不同?

我便反问:你指什么不同? 是性吗?

李佳说:当然指这个了。

我说:我想是的。

李佳说:那我就奇怪了,怎么会不同呢?

我说:可能是指状态吧。

李佳很不屑地说:说到底还是心理上的差异。是男人的见异思迁。

谈话到此即由无聊变得乏味了,再往下说肯定就是不欢而散。我自然不想招惹这种麻烦。所以以后的几天里我都是匆匆来去,我甚至觉得李佳不该住这么久,这里是医院,不是疗养院。直到昨天女儿正式放暑假了,李佳才提出来回家。今天下午我和女儿去医院接她,她让我把一些用具带回去,自己便和女儿直接去逛街了。看着她们手挽着手的背影,我就想,这个家本是很不错的,可我们硬是经营不好。

她们回来的时候我已经把晚饭安排妥当。我有意做了一些清淡的口味,譬如咸水虾、蒜蓉豆苗之类。我和李佳还喝了一杯王朝干白。女儿则用可乐,她说:欢迎二位回家。

李佳说:我只是临时陪你住住,还是欢迎你爸爸给你找个新妈吧。

女儿问我:你会吗,老爸?

我说:爸爸老了,没人要了。

女儿说:不见得吧? 我老爸还是不错的哟!

李佳说:你老爸最近可火着呢,没见到那么多人给他写信吗?

我说:别听你妈瞎说,那都是读者来的信。

我们三个人已经好久没在一块吃饭了。这样的气氛使我感到愉快。饭后,女儿去找同学玩了。李佳想洗头洗澡,我就回到书房看书。这几天在犁城没事的时候我喜欢逛书店。我买了一些世界名著,是人民文学出版社以前出的那一套装帧豪华的版本。其实这些书我不缺,我买它是考虑到收藏——由于是几年前的存书,所以价格比较便宜。这些书里就有陀思妥耶夫斯基的《卡拉马佐夫兄弟》。现在我拿起它,自然就会想到大学时代的李佳,想到那片杉树林,想到我们苦涩的初恋。

但是不管怎样的苦涩,保存在我记忆里的都还是一幅感人的风景。我是一个喜欢风景画的男人。记得少年的时候,我从一本旧期刊上看见列维坦和提香的风景作品,旋即产生了一种难以名状的忧伤。我不知道我当时是否流泪了。画

中的秋天让我感到萧瑟,画中的黎明让我感到清冷……

忽然李佳湿着头发跑了出来,问我:那只袜子呢?

我说我扔掉了。

李佳说你是不是嫌难看?

我说本来就难看。

李佳说这就是我们的不同。你要好看,而我要的是实用。

说着,她又去找来一只旧袜子,蒙到了莲蓬头上。

我感到很好笑。她说得对,我们是不同。我走到凉台上,看着外面的天空,似乎在期待着一只鸟飞过。但是我没看见。

李佳又在喊我,说她的洗脸毛巾烂了,让我从橱子里拿条新的。我便很快拿了。我正考虑如何送进去,就见卫生间的门向外推开了一点,李佳从里面伸出一只手来。我就把毛巾认真地放到了这只散发着肥皂香味的手上。而在这个瞬间,我心里苦到了极点……

——1999 年 7 月 22 日

# 犁城:1999年8月

那是一个沉重而伤感的晚上。李佳洗好澡,对他说:今晚我住这里,孩子可能这两天要不舒服。

这段时间你就住这儿吧,他说,刚出院,我给你调养一下。

那不用,李佳说,又不是做流产。

李佳躺到他的床铺上,接着说:我给你生了一个,流过两胎,对得起你吧?

他说:怎么说起这个了?

李佳说:我要让你知道做女人不容易。

他没接话。

李佳叹了口气,说:你知道我为什么要住院吗?

他说:为什么?这话问得奇怪。

李佳说:我这次职称没有通过。有两个比我后分来的却通过了,我不服。

他说:这有什么想不开的?等下批呗。

李佳一下就坐了起来:你真是站着说话不腰疼。凭什么让我等下批?很多大的审计报告都是我做的,我哪点不比那两个人强?我他妈的不就是不爱往头头家钻吗?

他说:其实也就是多那么一点儿人民币,别为这个伤神,不值。

李佳说:不是钱的问题,是一个人的尊严,你懂吗?

他说:顶多就是个面子吧。要尊严就痛快地把职辞了。既然你的专业不错,还怕弄不到一口饭吃?

李佳说:我没这个气魄,也没这个能耐。别人可以靠家庭靠老公,我能靠谁?

谈话到此出现了沉默。他们坐得很近,但是都没有去看对方。女人的眼睛湿润了,男人的呼吸也显得短促,有一个字眼同时镶嵌在他们的喉咙里,却很难吐出来。这个字眼就是复婚。他们都没有提,没有,他们就这么沉默着。

这时电话响了,女人说:我来接。就从床上起来去接电话。男人便有意避开,去了朝北的房间。但他还是能够听见女人的说话声音。女人说:有什么事吗?女人说我现在有客人回头再联系吧。女人说明天我给你挂过去。男人听了觉得很不舒服。这是我的家啊,我他妈的居然成了客人?他想这个电话应该还是前些天接到的那个空电话才对。不多会儿,楼梯上响起了女儿的脚步声,于是女人便去了自己的床上。女人将灯闭了。这间屋子里现在只剩下他这儿有灯光。女儿一头大汗地进来,匆忙打开电脑,开始玩从同学那里借来的新游戏软件。女儿一边玩一边问:我妈呢?

你妈睡了。

怎么这么早就睡了?她以前不这样。

她病刚好。

我看她没有什么病。

那你干吗急着给我挂电话呢?

是她让我做的。

……

男人点上一支烟,自己出门了。今夜的月光有些朦胧,街上的行人熙熙攘攘。城市的这条支行道上摆着许多小贩的摊点。男人经过这条街时突然有了一种饥饿感,这很奇怪,他想,我不是刚刚吃过吗?

几天后,李佳提前了休假,带着女儿出门旅游了。她们将由犁城去苏州无锡,再去杭州。就是说,孩子的这个暑假又不能和他在一起了。他就提出和她们一块去,可李佳说随行的还有她单位的同事,不方便。到处都是不方便,男人感到气愤,但一想前妻近来的情绪很糟糕,也就不再争辩,觉得她出去散散心也好。临行前他交给李佳五千元钱,但是女人没有要。女人说:你还是把钱攒着再娶一个老婆吧。我这辈子就带着女儿过了。

我剩在了家中。这些年来像这样的情况似乎还是第一次。若是在以前,这样的日子是我梦寐以求。每个星期日,我都希望李佳带着女儿回娘家。这样我就可以拥有完整的一天用于写作了。我可以一口气写到黄昏,然后去我岳父家吃晚饭,把老婆孩子接回来。可现在呢?时间突然多了出来,像水一样溢出,我却没有了写作的欲望。我不知道这是为什么。涣散自然地发生在我身上,没有激情,没有冲动,连吃饭都成了负担。我很想回石镇一趟,可是一想自己今年已经回去过了,这念头便也打消了。

说来凑巧,也就是这样的时候,肖航来到了犁城。

肖航是到南京参加一个校友聚会,取道来犁城的。她拨通了我的手机,说她人在南京,问我在哪里。我说我回了犁城。她说与她估计的一样。我接着就说了李佳和孩子出门旅游的事。我的意思很明显,就是希望她能来犁城一趟。我说:南京与犁城靠得很近,你来吧。什么时候来,我到车站去接你。

肖航沉默了片刻,说:要是你前妻还在犁城,你还会这样邀请我吗?

我说:怎么不呢?我已经离婚四年了不是?

我得承认,肖航是很敏锐的。连我也纳闷,我为什么会这样?李佳并没有限制我,她也没有理由来限制我,但是我还是紧张,以至我在犁城的时候,只要是当李佳的面接到一个异性的电话,都是那么地不自然。这太奇怪了。可我不希望这样,真的不希望。

肖航说:这件事暂时还是别说死吧,我再想想。

我说:你来吧,这没有什么。

见她没有表态,我又说:也许你很快就去太平洋那边儿……

我突然有了感伤,好像肖航的这个电话真是从大洋彼岸打来的。南京距离犁城不足三百公里,可在我的感觉上竟是相当地遥远。这种感觉仿佛通过电讯传递过去,肖航后来的语气也转变了,她说:等我办完了事情,我很快就过去看你。你一定得去车站接我。

我说:我会的。

那时我想,我不能再让这个女人轻易从我身边走掉。

于是在第三天的下午,我们在犁城见面了。当她的身影从这条道上走来时,我的眼睛竟然被泪水所模糊。我毫不犹豫地冲上前去拥抱了她。我说:谢谢你。谢谢你来看我。

我们终于又见面了。我接过她的行李,再去路边拦过往的出租车。在上出租车的那个刹那,她贴近我的耳边说:我住哪儿?

这是个暗示。我想我的回答肯定是慢了半拍,我说:这个我来安排。

但是她说:我可不想住到你家里去。犁城最好的饭店是哪儿?

就是犁城饭店,我说,是四星级的。

那我就住那儿,她边上车边说。然后告诉司机:去犁城饭店。

出租车绕过一个转盘,上了犁城唯一的高架桥。从桥上望下去,犁城仿佛长高了许多,这是我以前没有感觉到的。这沿路都是新建的一些高大建筑,两旁的路灯和树木也更换了,显得精神。于是肖航说:犁城还是很漂亮的。

我说:这儿的人却并不富裕。下岗工人每月只有一百二十八元。

她感到惊奇:怎么会这么少呢?

我说:企业上不去,你看到的这些楼房,有的其实里面连电梯都还没安装。

那人怎么上去呢?

等有了钱再上去吧。

真是奇怪……

不久我们到了。我拿过肖航的身份证去总服务台替她办入住手续。她说:押金由我来交。我会找到地方报销的。

我说:可你到犁城是来看我的。

——1999年8月7日

他们走进了这个标准间。其格局与几个月前他在北京住的那个304竟是那样地相似！连台灯和电话机都是一个牌子。男人在这个瞬间看到的是另一个女人的脸,那是个更为年轻的女人,现在却像断了线的风筝一样。兴许是这点迟疑,男人在替肖航沏茶时不小心烫了手。那时候女人正在卫生间里洗脸,但她在走出之后,也感到面前的男人神色有些恍惚,就问:你不舒服?

男人说:不,我只是昨晚失眠了。

是因为我要来?女人说,那我太高兴了。

说着,女人拥抱了他。身体的接触使男人对刚才的片刻疑虑及时打消了。他们没有接吻,他们就这样拥抱着,在想,是先做爱还是先吃饭?这时男人听见女人低声在说:我好像有点不对了,你倒没事似的。是不是我来得不是时候?

男人说:你这不是在骂我吗?我的身体迟钝是因为我老了。

女人说:我会让你变得年轻。

他们准备上床了。这是他们第二次上床。男人说:我先洗个澡吧。

女人点点头,自己躺到了床上。男人背过身去脱光衣服,进了卫生间。他用淋浴,想简单地冲洗一下。他的身体似乎还是不怎么兴奋。他好像难以摆脱在北京亚运村以北的那个叫作冠华酒店的生活,他眼前总是晃动着那个沈芷平。正是这个原因使得男人的身体发生了变化。男人想,选择这个酒店实在是个错误。过了会儿,男人裹着浴巾出来,中央空调使他带水的身体顿时起了鸡皮疙瘩。而女人已经钻进被窝里了,露出半截戴着胸罩的背脊。男人似乎有些犹豫地上了床,当他过于凉爽的身体和女人温暖的身体紧贴一起时,他感到了一种无限的满足。而且,他的下体也像久旱逢甘雨的禾苗,立刻显出了精神。本能的力量掩盖了男人的尴尬,也把男人从自责的边缘拉了回来。他解开女人的文胸,把女人拥在了怀里。

它一点也不迟钝,女人说,它可能有点世故。

不是世故,男人说。

那是什么?

它顶多有点疲倦吧。

疲倦?就是说回到犁城你也没让它闲着?

你误会了,我的意思是……怎么说呢,是支配它的部门很疲倦。

我可没有怪你。怎么样,对我的身体陌生吗?

怎么会呢?

……

后面的话被吻堵回去了。他们开始进入了状态,男人感到女人身体上散发出来的气息还是那样地迷人,但她的皮肤似乎已没有在杭州时的光洁与细腻,甚至有些松软。男人没有经过足够的铺垫就冲进了女人的身体,而且很快便感到自己直奔高潮而去,他一边做一边告诉身体下的女人:等会儿我们再好好地做成吗?

女人说:随你吧。我既然来了,就把自己交给你了。

于是男人心安理得地完成了第一次。然后,他们一起去了卫生间,一起冲洗,镜子里的两具裸体不经意地看上去很像一幅油画。男人突然有些感伤地说:我们分开得太久了。

他们仿佛被这句话感动了。女人说:我现在真是有点怕"分开"这个词了。

他看见女人的眼泪突然涌出,觉得什么事一定是发生了。等重新回到床上之后,男人小心地问道:是不是签证没戏了。

女人叹了一口气,说:他欺骗了我。

他?男人立刻明白这个"他"并不是指的自己,接着问:他有别的女人了?

女人摇摇头,说:这个我心里早有准备,要真是这个我也不会怪他,男人嘛……

那是什么?男人欠起身,他不明白还有比夺走自己老公更使女人伤心的事情。

女人也坐起来,拿过男人手里的香烟吸着,女人说:他根本就没有拿到绿卡。可他上个月才对我说清楚……他让我苦等了三年!

是这样……那就算了吧!

算了？是呀,不算又能怎样呢？你知道吗,对于我这个年纪的女人,爱情并不重要了,重要的是生存。

难道不出去就不能生存了？

可我的计划不是这样的……现在,全乱了。要是我早知不能出去,我就不会这么傻等,我就会注意和原单位搞好关系,我就准备来过一个正常人的日子,随便和什么人都行！

你冷静一些……

可是女人还是泣不成声起来。他把女人搂在怀里,再慢慢地躺下,他希望能尽快用第二次做爱来冲淡女人的悲伤。男人用力握住自己的下体,想让它片刻紧张起来,挺立起来。以往的经验告诉他,这第二次总是能使女人满意的。后来的事情和男人的想象完全一致。第二次,没有任何的前戏,当男人感到自己的火候到了,便立刻冲进了女人的身体。他剧烈而快速的抽动使女人发出了欲死不得的呻吟,女人高声叫道:你想杀死我吗？

这时,男人的手机响了。

男人自然不会在这样的时候去接这个电话。电话一直响到第十二声,令人心烦意乱。男人一点也不在意这个电话,继续干自己的事。事情持续了近半个小时,第二次高潮终于降临了——这仿佛是他们双方渴望已久的高潮,它的冲击波竟是那样地巨大,在高潮掠过之后的几分钟里,那种快乐仍还在各自的体内荡漾着。他们浸在汗里,汗把洁白的被单染得斑斑驳驳。他躺在她的身上,听见她说:我们多像两具尸体。

男人又一次看见了那个幻象:那两条仿佛用红颜料造成的

金鱼。但它们不是尸体,它们还在水中游动。它们也不是重叠着,而是依偎着……

昨天的事情后来有些沮丧。起因还是那个不合时宜的电话。

看一下来电显示吧,肖航说,也许是个要紧的电话呢。

要是急事还会打来的。我这样说。其实我心里还真在惦着,我总觉得刚才这个电话与沈芷平有关,尽管她已经好久不来电话了。从走进这个房间的那一刻起,我便有了这样的预感。我点上香烟,肖航从我身上越过去,把手机拿给我,她说看看吧,别让给你打电话的人失望。说完她还对我诡秘地笑了笑。

电话号码是陌生的,但区号是023,这是重庆。我想自己的表情肯定出现了变化,而肖航也一定是看出了,女人没有问是在等待着男人的坦白。

可能是她的。我说,我在北京结识的女朋友,重庆人。除她之外,我不会有023的电话。

那你拨过去吧,人家等着呢。

可这不是她家的电话。

你是不是怕我不高兴?

不是。我确实对这个号码陌生,可能是个公用电话。她在家里不敢给我打电话。

为什么?

我比她爸爸只小八岁。很久不打了。

有多久?

有一个多月了吧。她离开北京的时候是在6月。

肖航沉默了片刻,再说:是呀,现在一个多月都显得久了,可我却傻等了三年。

怎么又把话说回来了?我有些生气了:难道不和那小子结婚你就活不下去?

她立刻打断我:对我而言,结婚就是活着。

那你可以随便和一个人去结婚。

随便?这就像买东西,平时眼见的都是喜欢的,可是真要买了,怎么挑都不满意。我想嫁你,你肯吗?

说完,她撩开毯子,去卫生间洗澡了。她将门插上的声音十分地清楚。

显然,这个意外的结局使我们都感到了伤心。

我在想那个电话。我想沈芷平一定是遇见了什么急事,否则是不会突然偷着给我来电话的。那是什么急事？是她把我们的事情对她父母说了还是别的什么？我们几乎不通电话了。人就是这样，现在的人就是这样，是很容易被所处的环境同化的。我想起前几年在海口，在岛上待得久了，我便忘记在犁城还有妻子女儿；一旦回到了犁城，就觉得留在岛上的桑晓光的形象是那样地不清晰。爱又能分担什么呢？沈芷平在北京时和我在一起，是她需要和一个她中意的男人在一起，如今她离开了，她便需要在周围重新物色一个，事情原本就这么简单，我何必自作多情呢？也许刚才那个电话就是个错误的电话，我这种人却要琢磨半天。

过了一会，肖航出来了。她穿着白色的毛巾睡衣，头上扎着白色的毛巾，像一个外国电影里常见的那种有钱的少妇。而我还是裸体。身上的汗已经全收了，我也懒得再洗，我对她说：劳驾替我擦一把吧。她便这样做了，然后就沏了两杯茶，把一杯递到我手上，说：你好点了吗？

我不知道她这话的意思，明明刚才是她自己不悦了，现在倒回过头来安慰我，她是想对已经发生的事情作一次挽回，不想使这短暂的幽会蒙上任何的阴影。我纳闷的是，怎么每回和女人相处，我都是被动的？一整天我都在想这个该死的问题。

——1999 年 8 月 8 日

## 北京:1999年8月

　　他把自己在北京的故事对她说了。但他不愿说出沈芷平这个名字,他只说她是个重庆姑娘,一个心地善良的好女孩,他说:那些日子都是她在照顾着我。

　　既然这样你为什么又要放她走呢? 肖航说,你完全可以留住她的。

　　是的,他说,我相信我能够把她留住,可是我总觉得我们之间缺乏许多东西。

　　这是不是一种托词?

　　绝不是。感到缺乏不是我单方面的,她也有,她甚至比我还多。所以和我在一起时她总是诚惶诚恐,很紧张。

　　那是你没有重视人家。

　　也不能这么说。我想年龄的悬殊是一个问题,很重要的问题,这样就导致了后来许多的不同。

　　难道当初你就没有看清这些? 你这不是明知故犯吗?

　　可我是个男人,我不可能对一个如花似玉的姑娘转过身去。

　　如花似玉? 哼!

　　你哼什么?

　　我高兴。

你不是说我不重视人家吗？怎么我刚说了句好听的你就不快活了？

谈话险些崩了。男人和女人都意识到这根本就是一次不必要的争执，他们需要的是好好珍惜来之不易的时间。对于他们这样的人，放弃时间等于放弃了生命，为什么不好好相处几日呢？男人想，人家是来看我的，人家现在的心情很糟糕。当着一个女人的面去夸另一个女人永远都是致命的错误，男人不能去向女人的本能挑战……

第三天上午，男人决定离开这间熟悉的酒店标准间，带女人去了犁城附近的乡下，那里有山有水，在山水之间残余了一些明清的老房子，却还没有开发成旅游景点。

事情果然如男人所料,一见到这些陈旧的建筑,女人的心情立刻起了变化。这儿太美了,女人说,我们应该住到这儿来。

这儿的建筑与绍兴那边不同,男人介绍说,它是徽派的,据说从前有一些徽商到这一带做生意,见到这里的姑娘很漂亮,就不想再走了。

还是古人潇洒,女人说。

真要你在这里住上一年半载,你又觉得不行了。男人一边给女人拍照一边说。

要是你陪着我,我肯定行的。女人说完,看着男人的脸。男人的表情很镇定,男人说:这儿离犁城太近了,我希望去一个看不见熟人的地方。

是看不见你前妻吧?女人说,你累不累呀?

男人苦苦一笑,跑去找来那边一个作水彩写生的小伙子,把相机交给他说:请给我们拍几张合影。

然后就站到了女人身边。他们一共照了三张,最后一张,男人从后面搂住了女人,女人的头靠在男人肩上。那个作画的小伙子说这张最好,他毫无顾忌地问道:你们是情人吧?

这句突兀的话让男人感到了一阵紧张,他不知该怎么解释。倒是女人显得开朗,她反问道:你怎么断定我们就不是夫妻呢?

那小伙子说:夫妻的笑容总是很僵硬的。

于是三个人都笑了起来。小伙子收起画具同他们告别,走了几步又回头对他们说:你们很般配的。我是说你们做情人很般配。

他俩竟有些感动,但是却陷入了沉默。他们拉着手,走进了这条小巷……

这多像故乡石镇从前的那条老巷!三十多年前,当他还是一个孩子的时候,在一个细雨纷飞的夜晚,他就拉着一个女孩的手在巷道里走了。那是个温馨的晚上,也是一个恐怖的晚上,小巷是那样地幽深,那样地深不可测。随着岁月的流逝,那巷子显得越发地狭窄了,只有脚下的这些石板越来越光洁,雨落在上面的时候,可以照见你的脸,你这张布满沧桑的脸——这是你形象的历史,只有你才读得懂它。

现在,他们进入了一个农家院落。穿过天井,他们看见一个年迈的老妇在编织着一件篾器,看上去是一只篮子。由天井泻下的光线映照着老人灿烂的白发,真如银丝一般。肖航走上前问候老人:老人家,您今年高寿?老人说:八十五了。肖航说:家里人呢?老人说:我男人出门做生意了,儿子媳妇在田里。

他们互相看了一眼,好像明白了什么。他们原想在这里交钱吃顿饭,现在看来不成了,只能换一家。

出门后,女人轻声问男人:你相信她男人出门做生意了吗?

男人说:那也许是民国年间的事了。

就是说,她等候了半个多世纪?女人不无惊讶地说,天,这太可怕了!

其实她等候的只是一个愿望。男人这样感叹道。

这句话说完,男人的手机又响了。来电显示的还是来自重庆的号码。很多天后,男人在一个阴郁的下午这样想道:正是这个电话,使未来的一切全都改变了。

由犁城飞往北京的航班是在晚上七点十五分。机票不紧张。我在接到沈芷平的电话后当即作了这样的决定。那时候,肖航故意避开了,去了村口的那座小桥上。

沈芷平在电话里只说了一个事实,她怀孕了,问我怎么办。她的语气并不生气和着急,她说:我一直以为不会的,结果一检查……

你赶快去订明天飞北京的机票,我说,这件事由我来安排,你得完全听我的。我会在机场接你的。

然后我就挂了电话,去桥上找肖航了。我对她说我们得离开了,我只说有一件急事要回北京处理。

肖航说:是关于那个女孩的吗?

我说:对,与她有关……

肖航说:能对我说说吗?

我说:我想以后再告诉你。

肖航说:那我也该走了。我回杭州,坐火车。

我说:我们电话联系,我手机一直开着的。

肖航很麻木地摇摇头,说:我想我也许不会再给你打电话了。

我握住她的手:为什么?

因为我不愿意再看见另一个女人在一边难受……她的眼泪禁不住地流了下来,她并不掩饰。最后她说:我不会再去为守候一个电话而通宵地失眠,这种罪我受够了!

后来,我们就在这里分手了。出租车在这座立体交叉桥上转了几道弯子,驶上了不同方向的路,那个瞬间我心乱如麻,城市在我眼里彻底地倾斜了。我眼前的景物全都是潮湿的,其实这一天阳光明媚,是这个季节难得的好日子。

天渐渐黑了。飞机正点起飞,奇怪的是,万米高空还是无比晴朗,好像我们身处的是两个世界。等天又一次黑下来时,首都的灯光已经映入了我的眼帘。我又回来了。我又得住进那个曾经计划修葺的小巢,然后再去陪一个女人做人流手术——这令我惊悸而惶恐。这种事情只在我和李佳之间出现过,除此之外,还没有一个女人怀过我的生命。我想起那一年在水市,想起韦青的后来遭遇,我总觉得与己有关,可这毕竟是个猜测。而现在竟是真实。孕育在沈芷平腹中的那个生命有几个月了?

这个晚上我几乎一夜没合眼。直到黎明前才开始有了倦意,但是,那个久违的梦魇再次袭上了我的身,我仿佛被无数根绳索捆绑着,像一个行将溺毙的落水者那样不能动弹,不能呼吸,不能挣扎。我的周围是一片猩红的颜色,我的肉身浸在这红的液体中承受着灭顶之灾……

接近正午的时刻,重庆飞来的航班到了。

我在出口等待沈芷平。不久她的身影就出现在我的视野里。她穿着一件小碎花的连衣裙,肩挎一只背包,手里提着中号的旅行袋,简单的行李使她在这趟航班的人群中显得突出。而我却有些不安起来。这是典型的出差人的装束。也就是说,动身之前她就没有想过要在北京久住。她只想把眼下这件事解决掉。

尽管这样我还是有些激动。我喊了她并对那个方向扬了扬手,然后我从接站的人群里挤过去,接过她的旅行袋。我说还好吗?她说还好。我说第一次坐飞机害怕吗?她点点头,她说:我不敢往下看,可是没想到这么快就到了。

在从机场回我们住处的路上,我们坐在出租车的后面继续交谈。我说我们太大意了,这样会伤身体的。她只说没关系,就一会儿工夫。她丝毫没有责怪我的意思,这个女人的魅力就在于她本性的善良。我紧紧地握住她的手,我说你能再次回到我身边真好,我真高兴。她说她也是,她在电话里听见我的声音时就在想我们的见面了。

我说:要是没有这件事,你还会给我打电话吗?

她没有回答,似乎靠在我的肩头上睡着了。但是,我看见她的泪水从眼角淌了下来。在不足二十四小时的时间里,我看到了两个女人的泪水,我不能不感到沉重。我不能不引起自责。我总觉得是我造成了她们的不幸,我辜负了她们的感情她们的爱,这是无法为自己开脱的,也无法饶恕。我并不想这样,真的不想,我内心的渴望根本就不是这个样子……

——1999 年 8 月 12 日

当天下午,他们去了附近的一家医院——就是他上回治疗急性胆结石的那家医院,再次做了 B 超检查。女人确实是怀孕了,已经有三个月。妇科大夫是一个妈妈一样的妇女,态度和蔼,神情慈祥。她问沈芷平:是第一次吗?后者说是。妇科大夫说:那为什么不要呢?沈芷平便看了看边上的他。他解释说:我马上要出国,她一个人在家不方便。妇科大夫说:那其实更好,避免了妊娠期的房事,对胎儿发育有利的。

他不知该怎样回答了。这时听见沈芷平说:那就不做吧。

他感到很突然,说:不是商量好了吗?

妇科大夫说:你们拿好主意,决定做就明天一早来,空腹,先验血。

B 超显示的这个图形像一幅天文照片,那团似乎在旋转的光晕仿佛一颗星云。明天这颗星就将永远成为流星,陨落到一个极其肮脏的地方。

从医院走出来时,外面的天已经变得很阴沉。男人感到有些疲倦,想在不远处的一个卖水果的摊点边歇一下,忽然听见一个女声在喊他的名字。他站起来仔细朝四周张望,并没有发现熟悉的面孔。这个奇异的错觉使他临时取消了陪女人逛街的念头。他买了两杯可乐,然后就去街边拦出租车了。他对女人说:

我们回去吧。女人点点头,女人的心情也变得黯淡了,女人说:我好困。

这个下午怎么说都很糟糕。看来解决这件事远没有想的那么轻松,这应该是他们共同的感觉。

不久天就黑了下来,随即也听见了风声,一片转黄的叶子不知从哪棵树上落到了男人的衣袖上。1999年北京的夏天还没有过去,秋天似乎过早地降临了。但无论怎么看,这都是一个令人疲惫不堪的季节。一切和以前一样,他们回到住所,便各自找到了安放身体的位置。男人睡到了沙发上——他想就这么睡下去好了,他太需要好好地睡上一觉了。他甚至不再害怕今天黎明前的那个梦魇。

此刻,睡在单人床上的女人却丝毫没有睡意。但是她也没有辗转反侧,她的身体始终保持着一个舒展的姿势。也许这样会使自己不再感到恶心,在重庆的时候她最担心的就是这种生理反应会被父母看出来,这是她想来北京做手术的理由。所以当男人问到"要是没有这件事,你还会给我打电话吗?"她没有回答。她知道重逢对于他们除了一时间的冲动之外,不会有更多的喜悦。这一点,她早就看出来了。但是使她意外的是,从见面到现在,时间已经过去了好几个钟头,男人却还没有碰过她。屋子里越来越黑,也越来越静,男人的鼾声在均匀地响着。她很愿意听这鼾声,就像她最初习惯男人留在那间304房间的烟味一样。但是那只烟缸呢?她好像在这间屋子里再没有见到这件不起眼的东西了。

女人想找到那只烟缸。这个念头非常强烈地驱使着她,她便从床上爬起,为了不影响男人的睡眠,女人只开了小客厅里的灯。然后她就看到了那只烟缸,里面盛满了烟蒂。那些烟蒂由于积压得太久,已凝成了一个整块。女人把它们倒在垃圾桶里,再去卫生间洗刷。并不难洗,洗过的烟缸还是原来的样子,只是女人再也无法嗅到那股特殊的烟味了。女人有些难过,不留神手下一滑,那只玻璃烟缸摔到了马赛克的地面上,发出清脆的一响,女人同时也"呀"了一声,连忙将门关上。

响声还是惊动了男人,他似乎一跃而起,随手将卧室的灯打开,男人问:怎么了?你在干吗?

女人在卫生间里说:我在洗澡。

男人咳嗽了几声,看了看表,已经是八点多了,他们还没有吃饭。男人于是穿上鞋子,对里面喊了声:你洗吧,我去买点吃的。

这个有风的晚上并不使人凉爽,反倒闷得慌。男人去了对面的一家小饭店,要了两份炒面,然后又对老板说:明天上午给我炖一只老母鸡,用砂锅炖。

老板说:上午只能用压力锅炖,时间来不及。

男人说:不,用砂锅炖,我可以多付你钱。越烂越好,把浮油去掉,清淡一些。

老板就没有再说什么,接过男人预付的五十元钱走开了。

那时候屋里的女人还在洗澡。兴许是第一次怀孕的复杂感情,女人总感觉自己的腹部在微微地跳动。三个月的生命会动吗？女人被这个问题纠缠着。但是明天她就不会再有这种感觉了。女人不禁又流下了眼泪。她明知这个生命难以挽留,却还是拿不定去掉他的主意。外面响起了门声,女人下意识地咬住了嘴唇。她竭力使自己镇定下来,将身体揩净,再用浴巾围住,慢慢走进卧室,看见男人正在用牙齿撕开一袋她家乡产的"鱼泉榨菜"。

等会儿再吃吧,女人说。她在等待男人的视线,想让男人看看自己。男人抬了一下头,又去弄那袋榨菜了。

女人说:你不想来一次吗？明天恐怕就不行了——得等很多天的。

男人的手住了,他坐下来,感到泪水一下子沁满了眼眶。那个瞬间男人的脑海里旋转的全是那团星云。接着,他看见了一把大剪刀,正狰狞地向着女人的身体张开……

我抱起了她。她的身体竟是如此地轻盈。我把她抱到了床上,然后我的脸就紧贴着她的腹部,我好像在倾听那个尚未成形的生命的跳动——很多年前,我有过类似的经历。那时我的妻子李佳正怀着我的女儿,但那个时候我也一样地心情沉重,怀孕没有给李佳带来欣喜,相反平添了一份沮丧,在她看来,青春就这么毁了。直到女儿出世后,她才迟迟地找回做母亲的感觉。现在女儿成了她的朋友,此刻她们正在苏州或者无锡开心地玩着,好些天了,她们一直没有给我来过电话。

沈芷平抚摩着我的头发,很快她就发现了一根白的,但她没有替我拔掉,她说这样白发会越来越多。然后她欠起身,帮我脱去了T恤。我想去洗个澡,我对她说身上有汗。她说:我喜欢你的汗味。我想让你出汗。

说完这句话,她便关了灯。黑暗中她的手顺着我的腹部下滑,再稳稳地握住正在勃起的下体。我不免有些吃惊,在我和她交往中像这样的主动似乎还是第一次。而且这种主动性随着做爱的深入而加强。她仿佛变成了另一个人,一个性能力十分过硬的女人,最后她竟坐到了我的身上,动弹的节奏也越发地快起来,直到我一声大喊,她才紧紧地将我抱住。她凑近我耳边说雄起雄起!我差点想笑,我说:你今天怎么像个妖怪似的。她还是紧紧地抱着我,轻声问:你好吗?我说好,你呢?我也很好,她说,晚上一起睡吧,我不怕挤。

我说:这样你休息不好的,明天还要做手术。

她说:明天……是不是很疼?我有点害怕。

我说:别怕,我会在外面等着你……都怪我。

她说:我不怪你。我也一点也不后悔。真的不。

可我会,我说,我会一辈子感到不安。

这个晚上显得十分漫长,我的耳边总是嗡嗡地响,又觉得很远的地方有一只什么鸟在断断续续地叫着。我心里特别不是滋味,想这几年自己就像个乞丐,从这个女人身上流浪到那个女人身上,把一切都搞得混乱不可收拾。后来,我听见了雨声。雨很快就下大了,夹杂着雷电,空气慢慢变得清新起来。但是这一带的电线线路出了问题,一时间周围黑森森的。只有在闪电掠过时,我才看见窗外的建筑物,我才意识到我是住在中国首都的一间小屋子里。我身边的女人已经睡着了,这是个心事不重的女人,她的安逸在于永远躺在一个好男人的怀里。而我不是这样的男人,我不配,我也无法去向这个目标努力。我又一次想起那本星相书,生于11月28日的射手座男人注定就是一生独行……忧伤再次从我心底升起,我在黑暗中点上烟,每吸一口,眼前便涌动着一簇温暖的光晕。然

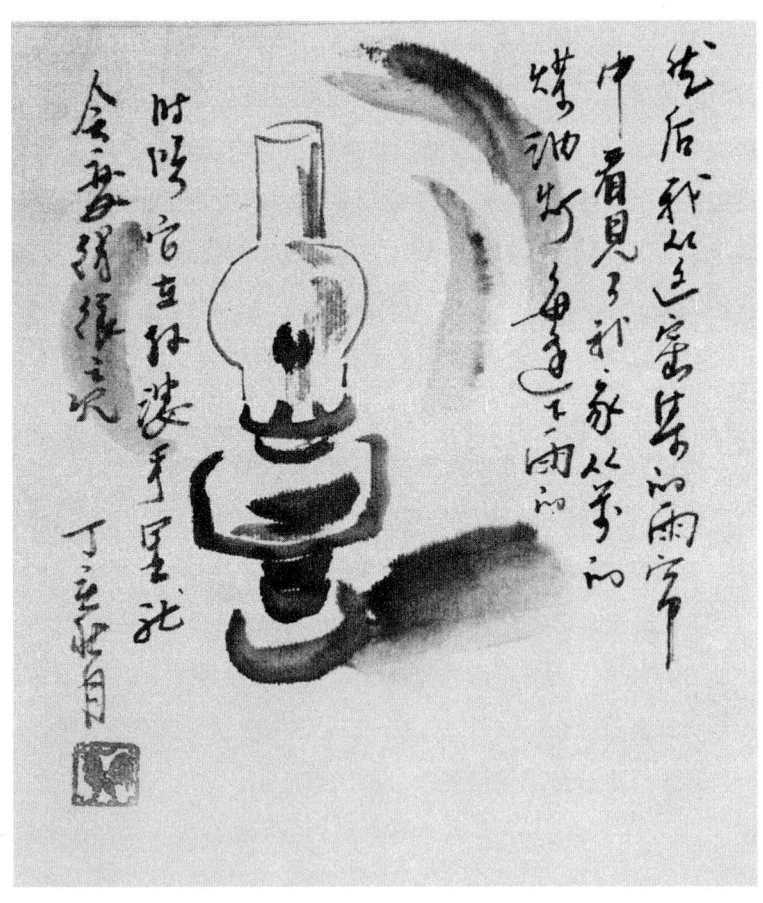

后,我从这密集的雨帘中看见了我家从前的煤油灯,每逢下雨的时候,它在外婆手里就会变得很亮……

这场雨持续的时间很久,一直落到今天早晨还有零零星星。我们去的时候,那家医院还没有开门,而街上已经很乱了。过往的汽车自行车使我目不暇接,这个城市实在是太拥挤了,人的活动空间在不断地缩小。我突然觉得自己犯了一个错误,为什么偏要在这北京做人流呢?难道只有北京才能做人流?或者说北京就是一个人流的地方?这不是一个复杂的手术,一点也不复杂,可我还是选择了北京。其实我们与北京没有任何关系。我们是外省人,皇城从骨子里从来就不会接受我们。

医院的门户开了,我和我的女人走进去,首先是交费,然后是验血,接下来便是女人走进手术间,我留在昏暗的过道上等候。我找到那位妈妈一样的大夫,想对她说点什么,却终于开不了口。这时候沈芷平忽然从里面跑了出来,面色苍白,我立即迎上去:怎么了?

她紧张地说:怎么要那么多的钳子剪子?

原来她被那一堆医疗器械给吓住了。我握着她的手,那手很凉,我解释说,你看到的只是个器械包裹,大夫会根据你的身体条件做出选择的。我说:别怕,我就在外面,离你只有十米。

里面在喊人了。我再次送走了我的女人。当手术间的门严肃地对我关起时,我顿时感到了一阵眩晕,手扶着墙壁慢慢地坐到长椅上。从这一刻起,时间骤然变慢了。紊乱而空洞的心跳声非常清晰。不知怎的,我居然想起了欧内斯特·海明威的那篇著名的

《印第安人营地》,我觉得我就是那个睡在上铺的心悸不已的男人……

我期待着面前的这扇门尽早地打开……

——1999 年 8 月 13 日

## 北京:1999年9月

男人永远也不会忘记这个阴雨绵绵的早晨,北京的天气竟是这么怪异。当经过手术的女人出现在面前时,他心里的一块石头落地了。女人的面色更加苍白,连嘴唇都失去了血色。他扶着她,轻声地问道:怎么样?

女人只是摇头。女人说:我好冷。

于是男人给女人披上一件随身带来的外套,但她还是显得不够。男人说:要不就在医院里住几天吧?

女人说不。女人说:这地方我一分钟都待不下去了,回家,我们回家。

但是家在何处?

那不是家,那不过是临时租借来的一处狭小的栖身之所。我们是这个世纪最后的流浪者,流浪的人是没有家的,男人这么忧伤地想着,心里一片苍凉。很多天过去了,男人的神情还是刻着这个早晨的印痕。那几天他精心伺候着手术后的女人,他希望女人身体早点恢复,倒也很见效,女人的容颜迅速有了明显好转。她只是埋怨那家医院,说自己想看一眼从体内出来的那个东西,结果大夫就是不肯。妈妈一样的大夫说没什么好看的,然后就把那东西扔进垃圾桶里了。女人喋喋不休地就是说这件事。男人不想制止,他从街上买了许多张信哲的歌带和影视画报,想使女人从这件事上分心。他们自然是分床而卧,女人每一夜睡得都很香。有一天深夜,睡在沙发上的男人隐约听见了女人在哭,便开了灯。他发现女人实际上是在梦里哭泣,但是呓语清楚,女人说:娃儿没有了……

男人感到心尖掠过一阵刺痛。他没有惊动睡梦中的女人,就静静地站在边上。后来他再次找出那张 B 超图形,似乎想从这团可疑的星云里窥出一个生命的秘密。他在想,如果这个孩子留下了,会是什么模样?是男还是女?他怎么也想不出,而且想得好累。这件事过去了,尽管他深知他会背着这件事过上一辈子。

生命是那么脆弱。很多回,男人觉得累了就来到这条河边站上一会儿。他想起多年前在这里死于意外的那个陌生女孩,想起春天里来接他的那个王珏,想起肖航腕部的那条疤痕,想起几天前从沈芷平身体上剜去的那块肉,感到她们之间形成的就是一条死亡之河,人生其实就是一次死亡之旅,人从生下来的那一刻起就意味着向着死的目标迈进了,这不过是一场死亡竞赛,死亡的马拉松。

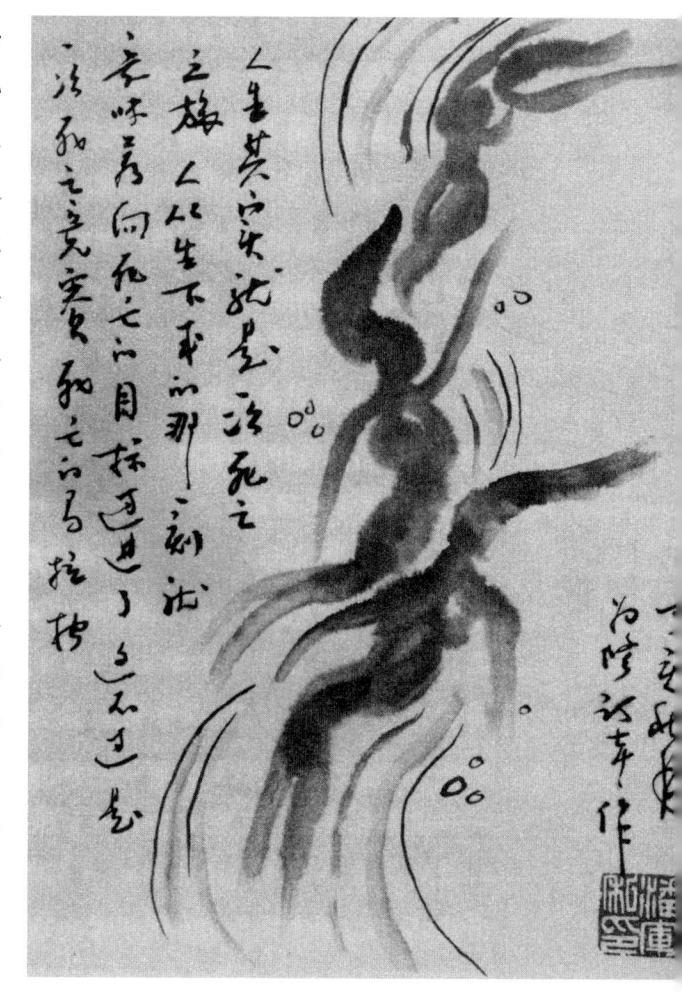

这一天回来的时候,沈芷平已经在洗衣服了。女人的气色看上去很不错。女人问今天几号了。

他说8月30。他说:昨天我往犁城挂电话,孩子已经报到了。

沈芷平说这么快?这么快就到9月了?

他看见女人手下显得迟疑,便觉得女人有心事,但是他没有再问。他希望女人能和自己谈谈,就说:我们今天出去吃饭吧。

女人说不想去。接着她说:那个桑晓光还在北京吗?

男人说:应该还在吧。你怎么突然问起她来了?

女人说:没什么,我总觉得她还会对你很好的。

男人说:我们从上次见面到现在一直没有联系。

女人说:为什么不呢?

男人更加困惑,他不明白女人为什么要突然挑起这个话题。他想起那次和桑晓光的短暂相见,没有觉得有什么唐突不妥的地方。于是他试探地问道:她来电话了还是……

沈芷平立刻打断说没有。女人说她只是随便问问而已。然而在男人看来事情并不是这么简单,他预感到在他们之间很快将会发生一件事,但那时他还不清楚究竟是什么事情。直到几天之后他才如梦初醒。

现在想起来我已经不感到惊讶了。就在刚才,我再次去西客站送走了沈芷平。事情当时觉得很突然。下午,本来约好去崇文门饭店和那个书商谈出书的事,结果那家伙因为什么更重要的事情临时改变了主意,让一个部门经理先送来了两万元的订金。其实是以这种方式催稿。我知道这种人是做不了主的,一些条件没法谈,于是便匆匆作罢,返回住处。在我正要喊门的时候,我听见了里面的声音,沈芷平在打电话,她说:我今天就走……后天你去车站接我吧。

凭感觉我想对方不是她的父母。

她说:你别说了,回去再说好不好?你要是这样想就算了,信不信由你……别再给我打电话了!

她很生气地挂断了电话。

我断定对方是个男人。会是她以前的那个男友吗?我在门口犹豫了一会儿,还是没有敲门。如果我今天不是急着回来,屋里的女人也许就不辞而别了。这不能不使我难过。事情既然已经到了这一步,再说什么便显得多余。我转身下楼,走到第一阶时突然感到腰部酸痛,就坐下来抽完了手中的烟。我想我无意去改变这个事实,只是觉得过于突然了些。实际上我应该明白,当我第一次送走沈芷平时,她就没有考虑再次回到我的身边。这不是她的过错。如果说真有错的话,错在于我,我没有权利去改变她的安排。

重新上楼,我认真地敲了敲门,我说:是我,我回来了。

过了片刻,沈芷平将门打开了,不用说她的脸色显得慌张,而我却装作没看见。她说怎么这么快就回来了,谈得顺利吗?

我瞥了一眼卧室,她的旅行袋放在了角落,拉链还没有来得及合上。她把拖鞋放到我面前,这时我轻声问道:要走了吗?

她僵持了一瞬,不作回答,眼睛看着地上。

我说我们说说话吧。我说:要是没有这件事,我们也许就很难见面了。你的电话越来越少,后来几乎没有了,其实我应该想到,你在重庆过得比在北京要好……那个人对你好吗?

她终于回答了:还可以。

那就好。和我在一起你总是很紧张,连发脾气都受到了限制。那个人至少会让你发脾气。你这个年纪就是发脾气的年纪,那个人能接受你的任性,说明他人不错。

他是我过去的同学。

还是以前那个人?

对。其实上次他来北京找过我……他是一路靠打工过来的。

就是那一次你说去看一个老乡?

对……我看他很不容易,人也瘦了……这次我一回去他就知道了,他说他想和我结婚……

你答应了?

没有。我说我还想多读点书,想学电脑,他说他和我一起学。

你来北京他知道吗?

知道,我说我一个好朋友要做手术,我必须照顾他。

她流泪了,泪水大颗地从面颊滚落下来,仿佛掷地有声。我抱着她,拭去她的泪,我感到自己的声音在颤抖,我说:我唯一悔恨的是,让你吃了苦头。很对你不起。

别这么讲,她说,我们之间就这点缘分吧。我走了,谁照顾你?你能和桑晓光再好起来吗?

我还没这么想过,我说,倒是想离开北京了……这个城市的空气很糟糕,我想去山里走走。有一本书上说,我这一生命中注定都会是一意孤行。你拿到车票了?

她说她已经通过一个老乡买到了。她说:我本不想告诉你的。我知道这样分开我们都会不好受……你以后还会去重庆看我吗?还会给我寄你的新书吗?

我说我会。然后,我从口袋里拿出那两万块钱,塞进了她的旅行袋。她不要,她说你现在不应该再给我钱了。我拉住她的手,我说:什么话?什么应该不应该的?你用这钱回去买一台钢琴或者电脑,你每天用它,就当是在陪我说会儿话吧!

她扑在床上号啕大哭起来。我背过身去替她收拾行李,我的眼泪禁不住地往下淌着,流到嘴角,咸得厉害。过了很长一会儿,女人的哭泣声停止了。屋子里这一刻变得特别安静,我能听见自己短促的呼吸声。女人没有更多的话语,去了卫生间。再出来的时候,她已经化好妆了。她的神情似乎很自然。如果不是熟悉,你很难相信这是一张刚刚哭泣过的女人脸。我竟有了一些局促,不知道应该用怎样的目光注视她。但有一点很肯定,就是我产生了少许的失望。我厌恶这感觉,甚至为这不良的感觉感到羞耻。我没有任何理由来要求这个女人对我眷恋不舍,而她也不需要我给予的同情。这局面呈现出我们之间自相识以来少有的尴尬。我想尽快摆脱它,但这时,我听见女人说话了。

她说:如果做掉的那个孩子不是你的,你还会这样对我吗?我是说"如果"。

我头脑里嗡了一声,怔怔地看着她。

她接着说:我希望你说不会,这样你就会很快重新开始。你这种人一生都需要"开始"。

我说:我现在害怕这样的结束。

她说:我也害怕,但这是早迟的事情,从认识你那一天起我就这么想过,我只能陪你走一阵子……我记得你在你书里说过,对于相爱的两个人,手摸不到的地方就是远……

时间在风中飞舞,这是 1999 年的 9 月开始的日子,我们的故事却正在走向结束……

——1999 年 9 月 3 日

对于这个男人,眼前这样的铁轨其实就是记忆的一种阶梯,将指引他进入到一个虚无缥缈的空间。

它也是生命的一种隐喻符号。

那些黄昏,男人总是散步来到这里,似乎就是为了唤起日益衰退的记忆。他愿意沉浸在这伤感的记忆之中。那个叫沈芷平的女人业已离开,现在已经和她的男友相聚在一起了。那天,女人最后还是坚持不让男人去车站送她。女人说:车一开起来,我就没事了。但这句朴素的道别却让男人心里不好受。是害怕当着众人的面流泪还是害怕泪水破坏了才化好的妆?也许在车站还有别的人送她吧?那个人是谁现在已经不重要了。车会很快开起来,难道他们的故事也真的就这么快地过去了?

男人说我送你到车站,我不下车,然后我回来。这算是折中的方案,后来也就这样做了。那一路上他们再也没有说话。等出租车到达西客站时,这一天的黄昏也同时到达,西天一片橙黄,在太阳湮灭的位置则是炽眼的火红,仿佛燃烧的森林。女人下车了,他们的手就此松开。女人的身影很快便消失在人流之中。

男人告诉司机,回刚才上车的地方。但是等司机把车开上环线时,他又改变了主意。他让司机把车内的歌曲音量调大一点,他说:我们顺着环线兜一圈,我想听听邓丽君。现在听她的歌好像很难了。

那都是些二十年前的老歌。奇怪的是,二十年前他却不喜欢。他甚至觉得其中几首都不耳熟,仿佛新近才推出的。邓丽君不幸地去了,留下了她的歌声,留下了今夜令他感动的歌声——

> 任时光匆匆流去我只在乎你,
> 心甘情愿感染你的气息。
> 人生几何能够得到知己,
> 失去生命的力量也不可惜。
> ……

城市的夜晚到处都是一片忙碌。市政部门在加紧准备着张灯结彩,以迎接即将来临的共和国五十周年庆典。在清河的阅兵村,那些精心挑选出来的士兵,每天都在顶着烈日训练。电视上看见他们流了许多的汗,有的甚至中暑晕倒。电视上还看到,执行训练的军官用尺子在量他们的步伐,要求异常严格。这与城市的管理一致。据说这段时间外省人来京十分地困难。他想,我这个外省人也到了该离开的时候了。于是他给李佳挂了电话,询问孩子上学的情况。女儿读初三了,日子过得真快。

李佳说你现在在哪?

他说我还在北京。

李佳说你怎么又去北京了?

他说我过几天就回去。

李佳说你最近别回来,我外地的一个表妹来了,暂时住这里,不方便。

他说你自己的房子呢?

李佳说我父母住了,他们的房子在装修。

他说那好,我不回去。

李佳说你在外面不是有很多的女人吗?

他没有接话,但是他心里在说:我现在没有一个女人了。《生命密码》中有这样的表述:

生于11月28日的男人由于总是我行我素,致使他们的家人和朋友经常被他们时而挑衅、时而敏感体贴的两极化言行搞得不知所措。这种人拥有自己的一套思想体系,只不过在传达这些思想时往往以一种多变的形态,夹杂着反讽与严厉而直接的评论,反反复复,实在让人摸不着头绪。但他们总有自己的一套解释方式。

男人现在觉得,自己便是这样的怪胎。

从这时起,男人在心里便开始酝酿一个计划,那就是去独自作一次旅行。他想去远离城市的山区,不打算写作,而是沿途写生——他已经很久没有作画了,这个梦想一直延续到今天还没有实现。

若不是那个书商的事情未了,我可能第二天就会离开北京。那个书商本来是和我谈一部长篇的,现在却又提出要编我的小说选集,计划出五卷。版税和印数都还过得去,只是要求我年内要交出这部尚未完稿的小说。这我没有把握,我坦率地告诉他,我现在没有写作的欲望,甚至有可能今后一段时间不打算写小说了。他好像很惊讶,说你现在正火着,你的书很好做的,怎么说不写就不写了呢?

我告诉他,我的前妻在多年前就这样对我说,我是一个生活在小说里的人,而我的小说一点也不生活。所以我不相信我的书会卖得很好。

事情便这样暂时搁置下来。最后的结果是长篇推迟到明年的第一季度交稿,先把过去的作品编出来,并重新写序言。这件事不算累,但是琐碎,我需要到图书馆去查阅那些老杂志,再逐一地复印。其实我对出书历来兴趣不大,我只有写的欲望,而现在连这个欲望都没有了。那些天我就在干这件事,天气不好便整日昏睡。有时,我会去建国门地铁附近买来一堆无聊的小报。我没有给桑晓光打电话,倒是给远在杭州的肖航拨过几次,但对方都是关机。在犁城分手时我曾答应过她,把此次来京的目的对她说明,我觉得在电话里说一宗流产会自然一些。至于为什么要对她说我并没有多作思考,也就说说而已,比不说要好吧。可是她不开机。我想她也许猜到了,猜到的结果会比实际的结果更坏,更证明我不是个东西,这也只好随她去想了。女人都是这样,在她们眼里,爱和恨是没有界限的。

今天是1999年9月22日。多年之后,当我的这些手记公开出版时,读者也许会陡然感到,从这一天开始手记的语气似乎改变了,变得有些无动于衷。好像我在这里写下的不是自己的心得,而是在记录另一个人的行迹。我本人也觉得有点奇怪,可是我却无意去作纠正,我甚至怀疑自己会不会再写下去了。我说过我准备出外写生,实际上去哪个方向至今还没有想好。能肯定的是,我不会再选择城市。因为城市早已没有风景。

下午我去了西单图书城,想找几本画册看看,可是那个地方很乱,有一个歌星正在进行签名售书,周围挤着许多人和许多记者。歌星能写书还要我们做什么?北京这地方真是很怪,什么事都会搞得热闹非凡。前几年这里在搞"情景喜剧",其实就是"肥皂剧",肥皂是很大路很便宜的货色,结果竟打造出了一批喜剧艺术家。后来这里又生产了"贺岁片",那是港台艺人不再要的玩意儿,却在京城挣了大钱。台湾的琼瑶来北京逛了一趟,回去胡编了一个什么格格,抡到大陆来照样也是发大财。据说领衔主演的女演员如今身价百万千万。北京除了这个还有什么?这儿是一个打造时尚的作坊。倒是那道"三巴汤"很不错。

在我准备走进地铁时,我的手机响了。对方是一个男人,费了很大的劲,我才听出是杭州张毅手下的那位童经理,他又到了北京。但这次不是找人,而是陪张毅出来散散心的。

张毅来了真叫我高兴。我立刻改打出租奔他的住地了,他们住在圆明园边上的一个小宾馆,连出租车司机都觉得很不好找。我们在周围转悠了半天,才从一个卖煎饼果子的老太太那里摸到了门。等见了面,我的高兴劲即刻就去了一半,我感到面前的这个保养得白白胖胖的男人不像张毅,而是张毅的赝品。这个人现在连胡子都刮光了,像做过化疗似的。

你小子出来了怎么也不及时来个电话?我说,真他妈不够意思。

张毅说没什么没什么。说着看看四周,又掩上门,很神秘的样子。

既然出来了还有什么好怕的?我递给他一支烟。

他拿着嗅了嗅,又放下,说:我戒了。

我最烦戒烟的人,我说,抽吧。不抽烟怎么聊天?

他说:你知道吗?现在有一种追踪烟的仪器,美国进来的,很厉害。你最好也别抽。

我被他说糊涂了,可他却是一本正经的。

他接着说:你知道我为什么选择住这个地方吗?这儿有很多树,只有树能挡住那个探测仪器,我在杭州每天都在种树,已经种了……

我觉得有点不对劲,高声说:张毅!你没事吧?

他吓了一跳,脸色更白了,他说:我没事……我怎么会又有事呢……我只是种树,这不犯法,对不对?

这时候,那位童经理进来了,手里拿着一堆方便面。见状便对我递了个眼色,我明白了,同时我的鼻子也骤然发酸。张毅在指责童经理,质问他刚才进来为什么不报告?然后他又看了看方便面,又是拿到鼻子底下嗅了嗅,问:这个牌子靠得住吗?

童经理说靠得住,又解释说这一带只有这个牌子的方便面。

我走进卫生间用凉水洗了一把脸,等熬过了这悲痛的一刻,我才出来。我温和地对我的朋友说:张毅,我们出去走走吧,这附近就是圆明园,那儿有许多的树……

然而当我们来到这里时,我已经不想再说什么了。

我对北京的告别,就是无话可说。

——1999 年 9 月 22 日

# 江南:1999年11月

是上路的时候了。

整个10月男人都在筹划这次行动,把一切琐事全都抛开,感觉真好。从现在的事实看,这个男人把在北京写字卖文挣来的钱都花到了这次行动上。他先从一个演员朋友那里买下了一辆二手的切诺基,接着又从一个作家同行那里廉价收购了一架型号过时了的尼康相机,然后在这个基础上进行了改装。他把吉普车后面的座位卸了,放上崭新的卧具和画具,又在车顶上安置了四只夜灯,看上去有点美国西部片道具的派头。男人本想再买一枝双筒猎枪,但是现在国家禁止出售这种东西。

但是,跃跃欲试的男人在行动的路线上却迟疑不决。最初,他打算沿着唐人开拓的那条丝绸之路走上一遭,去看看大漠敦煌,然后再折返西藏,但是又觉得这样过于玩命,自己没有那样的胆魄,同时对这辆车的性能不抱乐观。后来他又考虑经山海关直插辽东半岛,沿黄渤海湾走,却又认为那一带现在到处都是高楼大厦玻璃幕墙,与北京并无多大的差别,形式太像一次旅游了,一路都是养尊处优。这个男人就是个反复无常的货色,且又热不得冷不得。他自己也感觉到自己变化了,从前的他不是这个样子。从前的他做事基本上不计后果,虽做不了什么了不得的事情,但至少是先做了起来。时间已至 10 月的下旬,北京的天气在一天天地变冷,男人便有些急了。他想若再不动身,这件事兴许就会黄掉。李佳的表妹年底之前会离开犁城,到那时男人便没有什么理由留在外面,而把女儿搁置一旁。

这天晚上,男人应邀去公主坟那边参加一个类似沙龙的聚会,据说一个刚从巴黎回来的家伙受了子夜出版社的委派,要找几个作家谈合作意向。其实也就是聊聊天喝喝啤酒。北京就是这样,明知道事情有诈,却还富有激情。于是男人就把刚接过来的切诺基从院子里开出来,一上道便把所有的灯光全给打开。结果,第一个十字路口麻烦就来了。

你这是怎么回事?警察指着那四只抢眼的灯说,灯怎么开的?

他记不得交通法规关于灯光的条文,就说:这不是刚过五十周年大庆嘛,图个热闹……

警察说:你不觉得你晃了人家吗?

他说:这又不是战争时期,还实行灯火管制不成?

警察说:我对战争没兴趣。

有兴趣的自然就是罚款了。男人的兴致一下就败了下来,立刻把车撤回。那边的电话又在催了,问他到了那里。男人说:我在地铁。后来他就从崇文门进了地铁,感到还是在地下方便一些。

不久到了复兴门站,男人下车换线,一不留神竟坐错了方向。但他还没有意识到,他的注意力一上车就被一个小女孩夺去了。她顶多十岁的样子,在神情专注地玩塔罗牌。男人就坐到她边上,问她:你在干什么?

她看了他一眼,然后用一种沉静的语气说:我在占卜。我的朋友要出一趟远门。我需要告诉他方向。

男人暗自吃惊,他不知道这个女孩的年龄究竟是十岁还是一百岁。那么,男人说,你觉得他该往哪个方向去呢?

她没有回答,却让他帮她抽出四张大阿尔克那牌,然后摆成初级的"钻石展开法",再让男人一一翻开。

这四张牌依次是隐者、吊男、太阳、死神。

男人再次追问:他应该往哪个方向?

她闭上眼睛,过了很长一会,才吐出两个字:西南。

说着她的一只手在男人眼前划过,他惊讶地发现了一个事实——在她细小的腕部有一道月亮形的标志,不知是胎记还是疤痕。但是这个瞬间男人看清了一张女人的脸。又一个站到了,上来很多人。男人下意识地双臂环抱着胸口,等他再转过身来,那女孩已经不见了……

我就是她的朋友——后来男人这样想到。现在,我需要上路了。

当天晚上他打开地图,确定了现在的路线。男人打算先一口气开到安徽芜湖,在那里经过短暂的修整,往下便进入到皖南山区。然后便是经宣州而至徽州,再进入赣北上饶地区。从那里西行而下,过九江大桥,便是水市的区域了——他仿佛走了一圈,又回到了自己的出生地石镇。从时间上看,计划到家的日子正好是11月28日,他的生日。

在这个寒气浓重的黎明我开着车出发了。那时候我们伟大祖国的首都还在幸福甜蜜的梦中沉睡,期待着雄鸡一唱东方欲晓,期待着东方红太阳升。报上总说每一天都是新的,这话听起来一点也不错。是新的,非常的新。旧的是我这样的人。我真是越来越旧了,旧得像一根生锈的螺丝钉。

好久不开车了,出城的时候还显得手忙脚乱。不过适应起来挺快。眼下这条路我不熟悉,但凭感觉我认为行驶的方向大致不会错,因为不久太阳便在我背后升起……

所谓的长途其实也就是第一站,从地图标尺上看,北京到芜湖的里程是一千二百公里,一天可以到。如果车不争气,我就在苏州或者南京停下来,顺便会一会那里的朋友。他们还在写小说,我暂时不写,我要作画。都说绘画陶冶性情,而我图的是延年益寿——我说过我要力争活到女儿三十岁,这之前不能叫她的爹死掉。

果然,车在苏州附近抛锚了。于是花五十元钱请人帮着拖进城去。其实毛病不大,电瓶的故障,很好弄。我临时住进苏州大学的招待所。这所具有百年历史的学府前身是东吴大学,不知道为什么要改名号,是觉得旧吗?可北京的颐和园还叫颐和园。我喜欢这个校园,喜欢她的建筑和满园的桂花香。

听学生说,由于连日天气转热,桂花才重新开了,而且比上一次更为香沁。整个下午我哪儿也没去,就躺在草坪上贪恋这一袭桂花香,这就是迟桂花吗?杭州有桂花吗?想是有的,要不郁达夫

何以写得出？我又想起了肖航。要是她能和我一起来，多好！行前我想到了这一点，希望她能与我结伴同行。然而她的手机还是关着。

黄昏时分去附近老街上走了一圈。苏州的老街很长，也很窄，所以就有了尴尬。让汽车通过显得拥挤，改为步行街又觉得漫长。对于今天的人，散步的耐性总是有限的。

老街上的风景很美。

下一次我一定要与肖航同来，我们可以在这老街上租上一间屋子住上半年。早晨上街买菜，黄昏下河洗衣，闲来舞文弄墨，雨时散步逛街。这样的日子美国有吗？

住了一日，第二天傍晚到达安徽芜湖。本来计划要提前两小时的，结果出苏州时高速公路被封了。据说是上面来了要人，又据说是来了外宾。突然出现了许多的警车，气氛便好紧张。我在回旋路上兜了二十圈，那个把关的警察见我都烦了，可我还是不想绕道。

我在镜湖边上住下来，它让我联想到西湖。三天前进入宣州辖内的泾县，那儿有一面太平湖，还有桃花潭——桃花是无法见到了，当年李白至此，作《赠汪伦》一诗，如今竟成了旅游的招牌。宣州内有敬亭山，但是这里距离大名鼎鼎的黄山仅百公里，游人大都不在此停留，直奔黄山去了。这一带我不陌生，多年前曾陪友人来玩过，后来又在这里出席了一个笔会。有趣的是，我至今也没有登过黄山。在我看来，这个黄山太美了，太过于雅致，仿佛一尊巨大的盆景——我不喜欢盆景，我喜欢野山。皖南的秋天也是极美，现在北京的西山正是红叶满目,而这里的山上叶子大都还绿着在。早晨竹林中传出清脆悦耳的鸟鸣,让我感动。我已经好久好久没有听过鸟叫了。北京没有,杭州好像也没有。

昨天是个阴天,没有雨,我去了茂林。

作为近六十年前的皖南事变的发生地,泾县茂林在现代中国历史上有着不可忽视的地位。它是国共第二次合作流产的见证,那一次,共产党领导的新四军遭了重创,军长叶挺被俘,政委项英为奸人所害。在这件事上,老蒋怎么看都是个小人,而那个上官云湘也由此臭名昭著。项英不懂军事,却总是以党的名义召开军事会议,而叶挺又恰恰不是中共党员。所以往往这样的时候,叶将军就只能上山打猎去了。

晨七时即起,始发徽州。历史上的徽州指的是皖南的黄山与白岳之间的地带,古称"一府六县"。按如今的区划,除安徽的绩溪、旌德、歙县、休宁、屯溪、祁门之外,还包括江西的景德镇和婺源。而徽州人则有很多是中原的后裔,他们的先人为躲避战祸来到这里,之后才觉得这儿是世外桃源。现存的建筑上尚存这种迹象。几百年来这里没有遭遇过战火,因此也就没有离乱。书上说,这里的青山秀水营养了世代淳朴民风。可是三百年前的这里就已经有了著名的"徽商"——商人淳朴吗?徽州的商人有很多一结婚(一般在十六岁之前)便出门做买卖,直到发了大财或者做了大官才衣锦还乡。苦的是他们的女人,一等就是一辈子。所以这一路我都能看见贞节牌坊,有许多旅游团打着旗子在参观,在照相。就想,时间真是个奇迹,年头不同,凄风苦雨竟也成了秀美风景。

至绩溪停歇,前往上庄拜谒胡适先生故居。先生少小离家,1949年后即为海峡所隔,客死异乡。据说老人临终前还躺在病榻上,用绩溪方言诵吟古人的诗篇:庾信生平最萧瑟,暮年诗赋动江关。听来令人凄切。胡先生一生最大的误会是和政治纠缠不休,他的长相就不像是个玩政治的,不知他当时是怎么想的。

　　我计划在从前徽州府衙的歙县住下来。那儿有一条优美的练江。在这条江的两岸有像雄村这样的老村落,明清遗下的古民居镶嵌在苍山秀水之间,那才是我真正想要看的。

——1999年11月7日

那些黄昏,在练江的边上总能看到这个男人的身影。他的栖身之所是在县城附近的渔梁镇上一家私营的客栈。男人住在楼上,推开窗户,越过质朴的渔梁坝即是练江。作为新安江的上源之水,练江从来都是宁静地活着。这是一条赋有灵性与高雅气质的水。对于一个久居都市的男人,能在这样的天地里活动身心,无疑是一种幸福。这些日子男人基本上都是沿练江而行,早出晚归,拍了很多照片,也画了不少写生。每到黄昏时分,他就坐在这渔梁坝上,看渔人驾一叶轻舟指挥鱼鹰捕鱼,听妇人舞动棒槌起落有致的捣衣声。这生动的人间图景总让他流连忘返。也还是这样的时刻,他不由得感到了清冷与孤寂。男人觉得自己这一年过得特别累,似乎有一张无形的大网罩住了他。现在他需要的是彻底安静下来,好让经过的一切坠入记忆的深渊。男人对自己的这次出行是满意的,他至少是摆脱掉了那个红色梦魇的纠缠。连日来他都睡得很踏实。然而另一个事实是,这个男人所有的梦境也一并失去了。很多时候男人会认为自己是活在虚无的山水之间,像风那样。

今天是1999年的11月24日。按原订的计划,男人应该在十天前离开歙县而至屯溪,再到黟县去看看像西递这样的村落。否则他不能在四天后的28日回到故乡石镇,去过四十二岁的生日。可是没有办法,他需要继续住下去。一早男人就雇了一条船,打算经雄村进入到新安江的主流。但是后来这个计划有了改变。在他看来,江面一经开阔便失去了灵秀之气。倒是江畔那座称为"小南海"的孤岭吸引住了他的目光,他便去了那里。听人介绍,这"小南海"即是岑山的潜口。据说因东晋陶潜曾一度隐居在此而得名。在男人行将离开时,来了一个从浙江淳安的千岛湖转来的旅游团。那个年轻的女导游背影很精神,也穿着一件暗红色的风衣,款式与肖航的那件一样。由于当时天下起了小雨,女人的伞完全遮住了她的面部,令男人怎么也看不清。他甚至觉得这就是肖航,以至于差点大喊一声。这个荒唐的念头,男人想,好不容易才从重围里突出来,别自作多情了。那本书上不是说我这样的人总是反复无常搞得别人惊慌失措吗?

男人就这样看着那个背影消失在烟雨之中,他们乘的是一艘轮船。

然而那个时候男人不知道这个晚上还会发生什么。他回到那个小客栈时天已经黑了,雨也随之大了起来。男人感到很疲惫,便想赶快洗个脚上床。他去厨房打热水,看见后厅里一伙人围着在看盗版的VCD,是个外国片子,名字很怪——《你知道死亡的颜色吗?》

男人后来就和衣倒在床上假寐,没想到就真的睡着了,直到从一个极度困惑的梦境中苏醒。

这个梦很简洁,一点也不复杂。这个梦也不新鲜,还是与水有关,与红色有关。但是这个梦现在发展了,不可思议地发展了。

男人清晰地看到,原来的两尾金鱼,现在只剩了一条;水已成冰,这条红色的鱼便凝固着镶嵌其中,像常见的琥珀那样。这是一个残酷而凄美的梦。

男人看看表,时间已是十一点四十分,临近子夜了。他想记下这个梦。等他刚准备坐下,一个刺耳的声音突然响起,沉寂多日的他的手机响了,来电显示的是肖航的号码。

是你吗肖航? 男人有些激动地说,真是你吗?

是我,肖航说。

你在哪儿? 手机里声音怎么这么乱?

我在海上……

海上?

我在由烟台去大连的海轮上…………这条船此刻正在下沉……

你开什么玩笑? 是不是喝多了?

这不是个玩笑! 你听——

电话里传出嘈杂的背景声,其中夹杂着孩子的哭喊,还听见有人在高声叫喊:"让妇女儿童先上救生艇!"男人的心骤然提了起来,跳得像打鼓。他口齿不清地说:肖航! 你是在骗我对吗? 你说你确实在骗我,你在吓唬我……这是不可能的事!

肖航抽泣着说:我大概还有十分钟的时间,这最后的十分钟,我还是愿意留给你……亲爱的你快说话吧,我想听你说话! 说什么都行……

他的眼泪不住地往下淌。他大声说:肖航,你赶快上救生艇!

浪太大了……靠不过来……那边起火了……

你赶快上去！上去！

船已经在倾斜了……我怕！我不想死呀亲爱的……

我爱你！你一定要……活下来……我求你活下来！活下来！你一定要活下来！

……

肖航！肖航！肖航——我爱你——

……

山东烟大轮船轮渡有限公司"大舜号"滚装船,昨(24日)晚因风高浪大,动力丧失,在牟平姜格庄附近海域搁浅倾斜。船上共有旅客船员312人(作者注:应为302人),截至记者发稿时为止,已抢救生还36人(作者注:应为22人)。

　　"大舜号"滚装船昨日下午去大连,因海上风浪太大,途中返航。十六时三十分发现二层甲板有烟雾,请求救援。烟台救捞局、烟大公司、烟台港务局轮泊公司相继派船救助。但因风大浪高,无法靠近。

——新华社济南11月25日电

　　三天后,故事中的男人到达了事故地点。他的眼前只是苍茫的大海。

　　这一天是11月28日,他的生日。

——2000年10月30日

北京——合肥

2007年7月修订于北京

附录一

# 《独白与手势·红》初版后记

作为长篇三部曲的最后一部,《红》的基调是预先就有所设计的。我对音乐虽然是门外汉,但是在写作《独白与手势》这个阶段,我的头脑里始终有一部交响乐的旋律在萦绕着。就是说,某种意义上我已经把《红》理解为"第三乐章"了。直觉上我会考虑把它写得与前两部有所不同,我需要它具有更多的抽象性,或者具有一定的象征意味。我所说的"设计",指的就是这个。显然这种设计不是通常的那种小说构思。我依旧放弃了那种提纲性的准备,而依赖于我的即兴发挥。于是,我用很大的篇幅写到了梦魇的纠缠和死亡的暗示,与之相对抗的则是爱与生命的辉煌。这种爱,我视为宗教,它就站在现实的恐惧对面。

《红》的写作历时三个多月。原计划这部小说的完稿是在去年的年底。然而十月份,我参加在南京举办的中国书市期间,突然接到了《作家》杂志的电话,他们因为偶然的事故,希望我能把《红》及时地赶出来,在第十二期上发表。但是,当时我还没有写完,之后我又去了苏州和徽州,等折返合肥才匆匆写完了最后的三万字。由于刊物篇幅上的限制,后来发表的《红》实际上已经删除了一些,而且对图画部分也只能做象征性的安排了。这之后,我再次对小说进行了修改,并一气呵成地完成了她的图画部分。现在,我把它正式交到了人民文学出版社。

《独白与手势》的前两部《白》与《蓝》自问世以来,引起了一些关注。许多朋友曾不约而同地问过我:以后是否还会做这种图文交织的小说?我说也许不会了。因为我已经从《独白与手势》里获得了这种形式上的陶醉,不需要再有第二回。

潘军

2001 年 4 月 15 日,北京天坛之侧

附录二

# 《独白与手势》修订本自序

　　《独白与手势》之《白》《蓝》《红》三部曲,写于1999年前后,第一卷《白》和第三卷《红》,首发刊物是《作家》杂志。第二卷《蓝》则是由《小说家》刊出。之后由人民文学出版社2000年和2001年统一出版。毫无疑问,这是我的一部重要作品,也是我在小说形式上的一次冒险——我把图画引进了文本——这些图画不再是传统意义上的插图,而是构成了小说叙事的另一个层面。因此,《独白与手势》应该是一个复合的文本,由文字和图画共同构成。图、文之间是互动的。无论今天还是以后,别人怎么看,作为作者,我对这种尝试迄今依旧是怀有几分激动。

　　之所以需要进行一次全面修订,基于以下三个原因。首先,由于当时的我漂泊不定,居无定所,写的和画的都显得比较急就,我本人需要进行一次修订,包括文字和图画两个部分。其次,当初由于出版技术上的局限,使本书的"图画部分"没有达到预期的效果,这是很觉遗憾的,几乎成了我的一块心病。再次,是初版的印数较少,一些热心的读者很难买到,我在网上经常看见他们求购的消息,有的还直接写信向我索书。因此,事隔六年之后,我完成了这次全面的修订,交文化艺术出版社重新出版。修订本的面貌将焕然一新。

  这次修订工程不小,除了对文字部分进行修改之外,更重要的是,对全书的"图画部分"作了彻底的更新,统一换成了水墨,使之形式上得到和谐。读者现在看到的书中图画,绝大多数都是这次的新作。

  以前看过这本书的一些读者,常常有一种误解,很容易把这本书看作我本人的准回忆录。这是不确切的。第一人称的叙事可能是导致这种判断的一个原因,另一个原因,我必须承认,这本书也确实打上了我个人履历的印记。但这只是一种故事背景的颜色,我要写的,是一个男人三十年的情感心路历程,以及这个人在这三十年里的心灵磨难与煎熬。还有读者给我写信,询问为什么这本书取名为《独白与手势》。说实话,当初取这个名字,我没有怎么多想,只觉得这是一个不错的名字,用它命名一部长篇小说很合适。等书的第一卷《白》写完之后,我忽然有了另样的理解。我愿意把"独白"看成文字,可以把"手势"看作图画;或者,"独白"是倾诉,是言说;"手势"则是比画,难以言说。说的,和难以言说的,就是《独白与手势》。

  初版是分别以三个单行本陆续出版的,这次,我接受了责任编辑李世跃先生的建议,把三册合为一卷。

  是为序。

潘军
2007年10月,北京寓所

附录三

# 《独白与手势》五人谈

## 个人化叙述的杰作
### ——读潘军的《独白与手势》
### 白烨

断断续续读过潘军的作品,给我一个总的印象是,他志在探索,行文诡异,是可以归入"先锋文学"之列的。近读他的长篇新作《独白与手势·白》,明显感到他在"不变"中求"变",即在坚守个性的同时,作品强化了故事性,故事增添了可读性,大有亦实亦虚、雅俗共赏之势。这种在创作路子上的"坚持与发展",使《独白与手势·白》这部新作,自出机杼,自成一格,在实现真正的个人化叙事上,端是不同凡响。

其一,作品只展示与叙事者"我"个人相关的行状与情状,整个作品就写"我"由童年到成年的 20 多年,在石镇、水市、犁城间的向往与追求,与小丹、李佳、韦青、林之冰等女性的交往与瓜葛,在这样一个并不宏大的场景里,真实而具体地展现"我"的生命进程与命运流程,以及理想的总是难以实现和打了折扣的兑现,激情的总是无以寄托和辄遭磨损的释泄。这一切使作品事实上成为了"我"

个人平实又躁动、单调又复杂的经历自供状,其个人体验的痛与快、命运走势的乖与蹇,都很撩人心魄,引人共鸣。

其二,作品在以个人经历为主的故事叙述中,并没有把个人完全幽闭起来,而是从"我"出发,看取世相,通过"我"与父母、"我"与童年女友、"我的求学"、"我"的工作、"我"的婚姻、"我"的婚外情等一系列行状,把触角伸向社会,把视线投向时代。这样,封闭的 60 年代、紊乱的 70 年代与开放的 80 年代,不仅依次成为"我"的活动背景,而且也在许多方面说明着我的命运走势的成因。至此,"我"的激情里凝结了时代的部分情绪,"我"的神经里又跃动着时代脉动。这是最为典型又最为艺术的以小见大,以少总多,以一当十。

其三,作品在叙述上,采用文字与图片相辅相成的方式,而无论是文还是图,均以"我"的故里寻梦为线索,选取与"我"相关联的,旨在表现"我"的体验、感受与记忆。作品所用的图片,或者是作者在某一时期的画作,或者是作者在某个阶段的景照,连缀起来又构成了另一种"图"的叙事。我发现,这几十幅图片中,有关手的特写达十数幅之多,儿童的手、女性的手、老人的手,或稚嫩,或娇柔,或粗硬,形态不一,造型各异,总合起来表现了个性的意味,又揭示了"成长"的主题。作品不仅注重有声的"独白",而且重视有形的"手势",以诉诸听觉的"说"与诉诸视觉的"做"两种方式来协同叙事。这才会使读者真正感到,那真是对于生命形态最本真也最具象的揭示。

其四,作品在行文中不时涌现的记忆性文字,立足个人,自出机杼,使作品的语言大放异彩。如"权力可以消灭生命,但消灭不了生命的辉煌";"一个漂泊者唯一需要的是自我生存能力,一个夜行者唯一需要的是可以照明的东西。如果还需要增添什么,那就给漂泊者以力量,给夜行者以胆魄";"最自由的是一个人,最孤独的也是一个人;最快乐的是一个人,最悲伤的也是一个人";"最小的是一个人,最大的也是一个人"。这些语言,有感而发,肆口而成,思想的光形与艺术的文形交相辉映,简洁而丰富,轻快而隽永,它们几乎是铺锦列绣式地遍布作品。这不仅使作品好读了,更使作品耐读了。

最近一个时期,近十家出版社相继推出了潘军的十几部作品,以致有人把今年称为潘军的"出版年",这是生活对一个锲而不舍的文学探求者的必然回报。我不觉得潘军的作品都好读,都畅销,但对潘军的《独白与手势》(白、蓝、红三部曲)由长销变畅销却极有信心。要了解当下的小说创作,不能不读读潘军,而面对潘军众多的小说作品,不妨选读《独白与手势·白》,读了必有收获,我确信。

## 艺术可能性的寻求与展示

### 吴义勤

在我的印象中,潘军一直是中国文学界一位极具传奇性的人物。他的许多行为都逸出了我们想象的范围,比如他的辞职经商,比如他的当导演拍电影,比如他的成为自由写作者,比如他出色的绘画才能……可以说,潘军正以他的"传奇性"经历向我们展示着先锋作家在人生和艺术领域的多种"可能性"。而就潘军的小说而言,我觉得这种对艺术"可能性"的探索也是贯穿其小说创作始终的一个内在动力。从80到90年代,潘军的小说当然也和其他先锋作家一样经历了艺术上的多次转型,从"技术写作"到"经验化写作"。从形而上的痴迷到故事的"好看与好读",潘军也确实一直在尝试着多重笔墨。但需要指出的是,潘军的"转型"不是因为外在的压迫或媚俗的焦虑而生的被动反应,而完全是服从于小说"可能性"的探索这一内在艺术需要而进行的主动选择。因而,在艺术姿态和艺术品格上,潘军始终表现出了对于"先锋性"的坚持。当然,在对"可能性"的探索中,"先锋性"的内涵也在他的小说中得到了新的诠释。这一点可以从他的长篇新作《独白与手势》中得到有力的验证。

在我们过去的理解中,"先锋"总是和现代主义或后现代主义联系在一起的。但在《独白与手势》中,潘军却赋予了"先锋"一种古典主义或浪漫主义的内涵。那种伤感的、抒情的旋律和真实袒露的灵魂的交相辉映构成了小说持久而强大的情感力量与精神力量。小说的主体既是一个人的生命史,又是一个人的心灵史和精神自传。主人公"我"与众多女性的情感故事,都不是原生态地呈示的,它们都借助于反思和"回忆"的方式,通过主人公"我"的现实人生和"灵魂回视"这双重视角的相互交织来梦幻般地呈现的,因而在小说中现实与历史、真实与梦幻、浪漫与沉思、独白与回忆……总是能水乳交融地构成某种心灵或精神的镜像。在小说中,作家聚焦的不是人物与故事本身,而是对这些故事的精神或心理分析,是隐藏其背后的情绪对"我"的心灵或精神的影响。也正是在这个意义上,作家对个体生命的审视,对自我灵魂的解剖,对命运和宿命的思索与感悟,才构成了这部小说主要的精神内涵。我觉得,无论从什么角度来看,《独白与手势》都算得上是潘军的一部具有总结性意义的大作品。这是一部人生的涵量、历史的涵量、精神的涵量和艺术的涵量均相当丰富的小说。作家一方面通过对主人公精神历程的解剖来完成对人的可能性、历史的可能性和艺术的可能性的探索;另一方面又似乎有意通过这部具有某种自传意味的作品来完成某种人生的或艺术的总结。

在艺术层面上,我觉得《独白与手势》是一部艺术上非常成熟的作品,它没有夸张的形式,也没有特别的先锋姿态,但却在对语言的自信和怀疑中创造了一种全新的小说可能性。首先,从叙述上看,潘军在这部小说中保持了其一贯的先锋叙述风格,不仅"元叙述"的技术非常到位,而且第一、第二、第三人称的变幻与切换也很有艺术力量。但同时,我们也应看到,在这部小说中,"叙述"已经不再如他从前的小说那样成为外在于小说或故事之外的"第一性"的存在,而是被有机地融入了小说的肌理与血液。在这部小说中,作家的叙述充满主观的抒情意味,以一种从容不迫、张弛有度而又极为饱满和富有弹性的方式,赋予了小说叙事上的张力与美感。主人公"我"与小丹、韦青、李佳、林之冰等女性在石镇、水市、犁城、梅岭上演的爱情故事构成了小说的主体。这些故事虽然彼此交叉、头绪纷繁,但作家结构起来却自然而然、无为而为,仿佛流水账似的,以时间和地点的自然穿插来构成小说的时空切换与故事切换,没有丁点人工雕琢的痕迹。在这里,我们看到了作家对语言的高度自信,以及语言在叙述领域所能达到的最高可能性。其次,从语言层面看,对语言的信任和对语言的怀疑这似乎矛盾的语言态度同样为小说带来了新的艺术可能性。这种新的可能性就是在追求叙述的主观性和客观性、抒情性与真实性、现实感与历史感的统一的时候,对于语言或文字叙述"一维性"的大胆突破。在《独白与手势》中,作家试图通过"图像"叙述的引入来突破语言或文字的局限与困境,从而达到对于世界和人生的"三维""复制"效果。从小说的题目来看,如果说"独白"是叙述、是声音,那么,"手势"就是画面,就是图像,就是另一种叙述和另一种"关于生命与宿命的话语",它们互相渗透、互相验证,构成了这部小说对于世界和人生的动态性叙述与静态性展现相交织的"立体化"图景。如果说小说的叙述展现的是语言向人类的精神领域挺进的努力,那么,"图像"则互补性地把这种对精神和灵魂的探索具象化、浮雕化了。某种意义上,《独白与手势》在世界的语言性和世界的图像性之间的艺术平衡也正构成了这部长篇小说艺术力量的一个非常重要的根源。这既得益于潘军出色的绘画才能,也得益于他对小说可能性孜孜不倦的探索热情。

## 复活自己的历史

### 王光东

对于艺术家来说,历史是富有情感的历史,历史只有在构成了他生命中的一部分时,对于他的创作才有意义。潘军在他的创作谈中曾谈到这一点。《独白与手势》这部长篇小说就充分地体现了他自己对于历史与小说之间的这种关系的看法。既然"历史"成了自我生命的一部分,对历史的言说就具有了鲜明的个人特点,因为在整个社会历史的演变过程中,个人眼中的"历史"肯定会由于个人的经历的不同而有着不尽完全相同的体验,在复活自己的历史经验的过程中也就创造了具有不同个人特点的小说文本。《独白与手势》的"个人特点"体现在哪里?首先在于对历史言说的个人立场。虽然作家复活和言说的是个人生命体验过的历史,但个人言说的角度是不一样。潘军在叙述中复活自己的历史时,是从民间的立场开始的。坚持民间的立场意味着他不会拘囿于以往对他所经历的那一段历史的定性认同,而是特别重视他自己独特的人生体验。他的《独白与手势》给我感受最深的是他在"官场"与"情场"两个方面所传达出的那种生命的独特感受。作品中的主人公显然是一个有着独立思想的思考者,他对"官场"的人浮于事、钩心斗角、冠冕堂皇的外表之下的媚态与恶俗,有着本能的抵触和反抗。他所确立的是他自己源于生命的个人生活准则。这种建立在道德和良知之上的生活准则,使他痛心于自己要好的同学被"官场"所异化,放弃了自己的专业,周转于无聊的攀升和人身依附之中,甚至为了官场生存的需要,娶了一位无法生育的太太。这是对"生命"自身的放弃,也是对人被"官场"异化的悲哀。更大的悲哀在于人所做的这一切不是被迫的,而是自觉自愿的行为。在这种情形下,作品主人公毅然辞职,到处流浪。为了生命和人格的升华,他成了一个民间的流浪者。然而在如何对待自己"生命"的价值时,他又陷入了一个两难悖论之中。如果说前者是"人与官僚体制"冲突中的个人选择,那么,后者却主要表现为"情场"中家庭的责任、义务、性爱、欲望与妻子无法和谐。他与别人在性爱方面虽然获得生命本能的满足,却又总是擦肩而过,难有长久的欢娱,生命便在这多种社会关系和自身选择中遭受折磨、痛苦,他的心灵难以有人理解,他的追求难以获得圆满,独自或者别人不能明了的手势便成了他生命的一种宿命。潘军在复活他生命中所经历的这一段历史时,虽没有大的历史事件参与其中,然而在生命的这种独特感受中,我们的确能感受到过往时代所留给我们的许多值得思考的东西。也许潘军为了小说叙述更有"现场"感,在小说创作中且以"图画"参与叙述,把"图画"所具有的"直感性"与语言叙述结合起来,这是一种探索。但就其阅读效果来说,似乎并不怎么理想,我倒更愿意看到潘军的叙述多一些张力。独白既可以平缓也可以充满思想者的复杂感情与痛苦;手势可以简单也可以意韵无穷,充满焦虑与激情。一种压迫或压抑的力量,不是一种前者统一后者或者后者抵抗前者的状态,也不是前因后果的关系的揭示,而是呈现一种互为表里、彼此激发、共生共灭的状态。与此相应的是,在小说具体的运用中令人注目的两个方面:一是所谓"文革语言"的极为密集的铺排;一是情欲、身体的极度张扬的描写,这当中还有暴力的展示。如此,这个偷情的故事被提升到了存在的高度——情欲的权力化和权力的情欲化。而《坚硬如水》为这种深层的结构所付出的代价是对人的存在的丰富性的勘探和开掘的放弃,作家主体在这里一劳永逸地将一切交付给他设立的语言机制。看起来,他对现实的语言机制的禁忌施行了某种程度的冒犯,但实际上,他是以一个单声道的、封闭的语言系统完成了对现实语言机制的禁忌的规避——我感受到的不是主体在语言冒犯行为过程中的张力,而是一种沉醉于具体的语言运用的快意。

大量出现在小说中的"三句半"、语录歌、对联、演讲、报告、样板戏、"两报一刊社论"、快板书、流行的标语口号,等等,不啻建立了一座小型的"文革语言"博物馆。这些具体的语言背后的语言机制是我们多少年来努力摆脱而不得的东西,它连接着我们关于生命的疼痛记忆,它即使是在今天也操纵着我们的思想情感和行为方式;同时,这些具体的形态各异的语言本身经过时间的淘洗,已经从历史的肌肤上剥蚀,退落到社会生活的幽暗地带。现在,作家的写作使这样的语言重见天日,在其深度指向上,无疑具有还原并触及这些语言背后的语言机制的可能。但是,当这些语言过量地、夸张地、密集地出现的时候,它们以一种舞台化、戏剧化效果遮蔽了通向这个舞台的后场的通道,释放出语言的"奇观效应",像连演不衰的小品专场,供现实世界里的观众赏玩。

## 半透明的梦谷

### 施战军

一丝丝光颤动着筛过往事的网格,斑驳错落地打在灰白的墙上,那是一个乍看有些抽象的画境,定神的恍惚间会现出纵深处立体的具象事物,那是一条通向以往生活的时空隧道,回忆录模样的文字、无语凝噎的图片,一面是沸腾难抑的想象、一面是疼痛迟疑的表达——《独白与手势》这个复杂又富丽的长篇文本,活化出成长、受挫、忍耐、决绝的三十年的命运遭逢。它白色的墙不是具有隔碍功能的平面,而是一个敞开的瓶口,从中灌入的是一个以想象力营构的半透明的梦谷。我们仿佛看见小说家潘军用手将白壁后面的墙泥团揉成陶,魔鬼烟一样飘绕在瓮声瓮气的深不可测的阴阳界。

其一,这部作品破例以连载形式在《作家》1999年下半年刊出。编者之所以做出如此非常之举,我想主要缘于其文本的特殊性。图与文,作为艺术的符号,喻示着势语与情话、身体与爱感的两相情愿的关系,它们不是彼此取代、彼此注释,而是互相照料、会意、浸融和激活;"他"与"我",作为叙述的人称,指代的是历史与现实、记忆与遗忘,没有悬隔也没有黏着,它们被看得开又担得起的写作者"一手造成"。

整体上看,这部小说是一个杂糅的文本,看似混沌,实则微微透亮。"过来人"的沧桑很容易像浊流一样肆虐无度,而在潘军的笔底,却蕴含着晶体和琥珀式的清莹,在情感质地上,是可容性更大的感怀,而不是褊狭的怨尤、愤激或自欺自夸,有血泪更有血肉,有控诉更有倾诉。这是对个人心灵遭遇及成长命运的想象品格的书写。正如威廉·卡洛斯·威廉斯所说:"在艺术中,唯一的现实主义是想象。"它客观上从艺术个性的正常方位,实现了对"意识形态焦虑"式的虚妄的集体代言写作的超越。特定的年代背景,使它带上了"知青"生活、"伤痕文学"。应该庆幸,作者将记述的欲望压抑到今天,使我们能在均匀呼吸历史空气的情况下,进行一种有氧的而不是窒息的阅读。作者之"我"与人物之"他"——"我"之间,没有"审视"、"拷问"、"忏悔"的做作,有的是血脉的联系和岁月的痕迹。作者以感怀统摄岁月与人的变化,以杂糅整饰历史与现实的表达,意味着对60年代中期至90年代后期这三十余年时间不怀主体割裂感的宽松的尊重。社会文化的巨型主题符号——"文革"、知青、改革开放等等——被充分背景化、情境化后,关于人、情的声音和画面自然呈现。不单凭所谓的典型形象,不单凭史诗的黄钟大吕,不专摆另类姿态,不依靠陌生化情节,同样可以写出耐人寻味、气韵贯通的长篇小说。记忆、经验甚至历史的场景和材料必须作为想象的渊薮,才可能成就文学意义上的伤痛、欣快、憧憬、郁悒、回味、思忖……这是文学的最高品格——想象——给我们的唯一的真实。"通过创造出一个半透明的新世界,它也吞没了虚构和现实在范畴上的区别"(哈贝马斯语)。正是在这一向度上,《独白与手势》既意味着对三十余年历时性生命活动的日常化观照;也意味着面对被定论遮蔽的历史,想象书写依然能够正常地找到文学的开阔地。"白"是想象的底色,折成纸鸟,梦便起飞;写上"你吃橘子吗?"故事就有了新的开头。

其二,如果说从宏观的感觉上,这部小说最成功处是将"历史"的观念转换为"时间"的流逝,从而赋予想象以丰盈充足的空间,那么,支撑这一偌大空间的,却是使梦腾升的诸多细节,细部绵密的触角,把握的是人能活下去的依据:雨浓"半张开的一双手"、父亲擦自行车的油手,等等,它们使人世有了寄托和绝望、惨淡和明朗。在爱树的枝丫间,小丹、雨浓、韦青、李佳、林之冰,成全着主人公爱与欲的枯荣。而在几近滥情的当口,纯美无瑕的小丹宛若洁白的天使,恬静无辜她向完美而活。也许作者实在舍不得在欲念中排除掉她的身体,除了握手,终于让她对"他"尽了拯救肉体的神职——多么惹眼的败笔啊!但"刷牙"的细节使小丹成了不可辱没的小丹,使"我"有了将想象与故事继续下去的小丹:

你带牙刷了吗?我说忘了。她说那就用我的吧。我看见她把牙膏挤到一把小牙刷上。

这不经意的动人,是一幅优美而令人忧伤的画,平朴中装满了情味。其实,整部小说是在给带垢变黄的历史刷牙,在以刷牙的"手势"还感怀中的历史和人以清白的过程中,主人公"他"和"我"在小丹身边却忘了带一把牙刷。我们当然不能要求半透明的梦谷中人人明眸皓齿,更没有权力让"过来人"没心没肺地平静祥和;只是盼着保留一点点始终的美梦,而不要做"父亲":一个对往事节俭得近乎小气的人,一个不肯扔掉旧东西的人。"

## 红

### 汪政

不能以先锋/实验的图式去预设《红》的阅读,那无疑会造成阅读上期待视野的落空。在这一点上,《红》与《白》、《蓝》一样,体现的是潘军对叙事这一动宾词汇及其现实动作的哲学上的理解。虽然,潘军做到这一切并不是以牺牲叙事的本体地位为代价的,他使用了结构主义的叙事策略,同时在扬弃传统小说的基础上提供了鲜活、丰满、感性甚至充盈了情绪与欲望的故事。一个男人与小丹、与肖航、与沈芷平等女性的人生错忤与情感纠葛。与此相关的是潘军对"人物"的复归,这也是他似在先锋不在先锋的一个明显的特点。先锋写作在"人"的问题上可能存在着一些似是而非的东西,应该说,以现代主义伦理为支撑的先锋文学是关注人的,但其结果是人成了概念与类型,成了几个如孤独、绝望、焦虑之类的动名词,与现代主义叙事伦理的初衷相悖,追寻个性恰恰抹杀了个性。在这方面,潘军作了调整。以《红》为例,作品中的"我"固然是一个在三部曲中被反复刻画的充满了许多矛盾的人物。肖航与沈芷平也是极具个性的女性。她们对世事的态度,对情感的处理,那种希望与绝望、缱绻与隐忍和她们的一举一动、一颦一笑构成了潘军笔下独特的女性图画。

在讨论《白》与《蓝》时,人们已经对它们文字与图画的双重表现形式提出了许多看法。潘军本人也一再表明,图画之于文字,并不是类似传统小说的插图,两者构成一个整体,相互之间不可替代。图画也是在叙述,叙述的是文字所无法言说与承担的语义。这些看法当然都有道理。我想作点补充的是,可能潘军本人也尚未意识到,真正刺激他自觉或不自觉地采取这种策略的是我们当下的传媒时代,这样的一个多媒体时代。《独白与手势》显然是一种"双媒体",因为其中图画的地位不再是文字主宰时代的附庸,又因为文字与图画也不再是一一对应地捆绑在一起的。如果不是仍以印刷的方式出现的话,那么,它们完全是可以摆脱潘军的安排而重新组合的。因而在本质上,《独白与手势》具有非线性的超文本可编辑的潜质和可能。至于它们所造成的视觉冲击与诗画效果我毋宁认为是"无意插柳柳成荫"的意外之功。